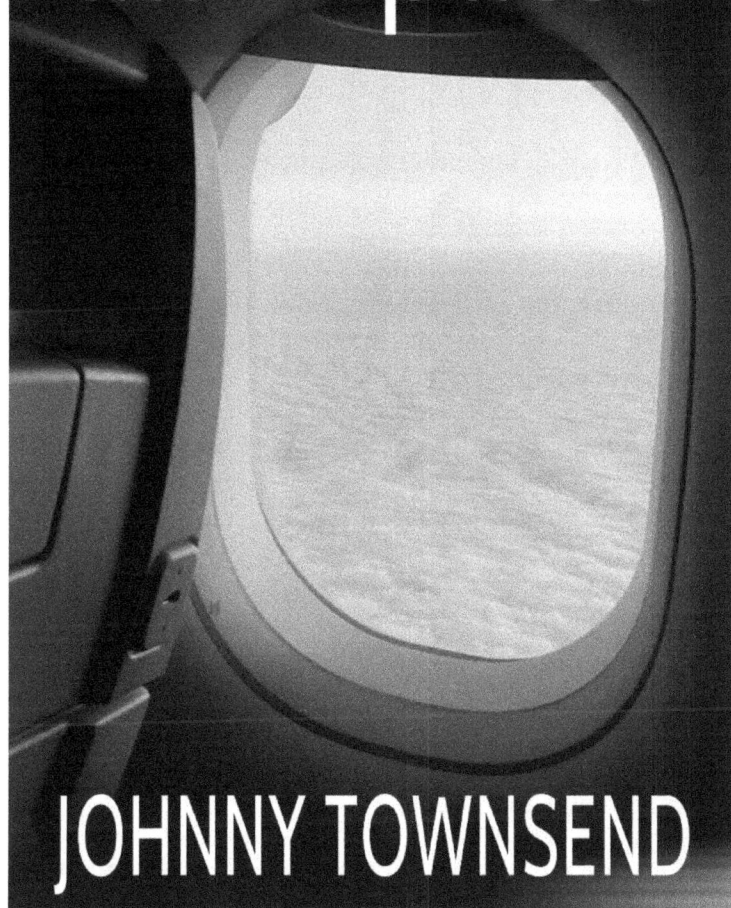

Prepararsi
all'impatto

JOHNNY TOWNSEND

Prepararsi all'impatto

Mentre Craig e Toby tentano di mantenere in vita il loro vacillante matrimonio, la crisi climatica si insinua nella loro relazione come il terzo elemento di un ménage à trois.

Craig vuole passare ad azioni drastiche, Toby invece vuole solo vivere la sua vita come meglio può prima che il clima si aggravi in maniera irreversibile.

"Si lotta per la vita con tutti i mezzi necessari," insiste Craig. "Se qualcuno fa irruzione a casa tua, tu tiri fuori la mazza da baseball o la pistola. Se qualcuno spara sulla folla, scappi, ti nascondi o reagisci."

Ma che fare quando c'è di mezzo il riscaldamento globale? Quando le compagnie dei combustibili fossili corrompono i politici perché difendano le emissioni di carbonio al costo di vite umane?

Craig si chiede se scrivere a un giornale sia sufficiente. Se sia efficace bloccare il traffico con una marcia di protesta una o due volte l'anno.

Toby minaccia di lasciarlo se combinerà stupidaggini. E di denunciarlo alle autorità.

Craig però sente che dovrà commettere violenza sia tollerando lo status quo sia facendo qualsiasi cosa in suo potere per opporsi a chi continua a stravolgere il clima. Si unisce quindi a un gruppo di eco-attivisti le cui azioni sono ben più estreme di quanto si fosse aspettato.

Sopravviverà alla violenta repressione dei manifestanti messa in atto dalla polizia?

La sua relazione con Toby sopravviverà all'ulteriore stress del tradimento?

E sopravviveranno, i due, al nuovo incendio appena scoppiato fuori città?

Johnny Townsend

Prepararsi all'impatto

Johnny Townsend

Traduzione di Raffaella Arnaldi

Printed on acid-free paper.

2024

Edited by Barbara Cinelli

Cover design by Bart Hopkins

Indice dei capitoli

Johnny Townsend

Telefonata a un'amica

"Ciao, Maggie," dissi quando lei rispose. "Come te la passi? Ti godi il giardino?" Eravamo in videochiamata, quindi vedevo che stava armeggiando dietro casa.

"Tutto bene, Craig. Per cosa avete litigato stavolta tu e Toby?"

Ridacchiai mio malgrado. Mi conosceva troppo bene. "Prima dimmi dei tuoi fiori."

"Non mi caverai una sola parola di bocca finché non ti sarai tolto il peso dallo stomaco," insistette. "Spara."

Maggie e io ci eravamo laureati in Biologia decenni prima all'università di Boulder. All'epoca avevo speranze di realizzare grandi cose ma non ero riuscito neanche ad accedere a un dottorato, e invece mi ero trasferito a Seattle per cominciare una nuova "carriera" come barista nel quartiere di Capitol Hill. Maggie era finita a insegnare presso un'università pubblica del Texas; qualche mese prima, concluso il semestre di primavera, era andata in pensione.

Tra i capelli castano chiaro aveva varie ciocche grigie, ma dimostrava ancora una cinquantina d'anni, non i suoi sessantacinque circa. I miei erano sale e pepe, ormai più sale che pepe. Una volta erano ondulati, ma mi ero così stufato di vederli ritti in testa che adesso li tenevo cortissimi. I miei baffi erano di un bianco quasi candido.

Nella mia immaginazione ero Sam Elliott. Nello specchio, Wilford Brimley.

La prima cosa che Maggie aveva fatto una volta lasciata la cattedra era stata trasferirsi in una cittadina del Nord della California, meta di certo più invogliante per me e Toby.

"Persino la mentalità ristretta di una piccola città californiana è meglio della mentalità ristretta del Texas," aveva spiegato all'epoca. Suo marito Gary, nativo texano, ci stava mettendo un po' più tempo per decidersi a raggiungerla, ma visto che le ondate di calore seguite senza pausa da tempeste tropicali gli rendevano pesante la solitudine, si stava sbrigando il più possibile per sistemare le faccende in sospeso.

"Craig? Ci sei?" Maggie fece un fischio, richiamando la mia attenzione svanita. "Mi vuoi parlare del tuo ultimo conflitto con Toby?"

Ridacchiai. "Sai com'è Toby," risposi. Non aveva fatto niente di nuovo o di granché fastidioso. Semplicemente stava venendo meno la mia tolleranza per il suo comportamento. Spesso mi sembrava una mancanza da parte mia più che sua.

"Ti controlla ancora?" chiese Maggie.

"Abbiamo una relazione aperta, maledizione," ripetei per la centesima volta. "Ma se sto troppo al minimarket diventa sospettoso. Non ho potere di controllo sui tempi degli autobus. Comunque, che differenza fa se ho rapporti con altri? Ce li ha anche lui. E tra di noi non facciamo sesso da quasi un anno e mezzo."

Tiravo fuori la stessa storia di continuo. Maggie era brava a reggermi. Le storie che ripeteva lei riguardavano sempre i suoi studenti migliori, neppure quelli molesti.

"Craig," disse, "si può davvero considerarla una relazione aperta se *voi due* non fate sesso?"

Odiavo quella domanda, ma l'aveva già fatta in passato e mi ero aspettato che la rifacesse quel giorno.

Non era forse per quello che l'avevo chiamata?

Persino quand'ero sui vent'anni mi piaceva fare sesso con uomini più vecchi di me e non mi ero mai aspettato tanta frustrazione nei sessantenni. Che cavolo, Toby ne aveva settanta e lo trovavo ancora sexy.

Io ne avevo solo sessantadue. Perché non riusciva più a desiderarmi?

Maggie e io parlammo per qualche minuto, discutendo dei pro e contro di rimanere insieme, lasciarsi o restare partner vivendo separati. Nessuna delle opzioni era cambiata nel corso degli anni. Nessuna sembrava quella giusta.

Ma ne esistevano davvero altre?

"Ricordi cos'hai provato quando hai conosciuto Toby?" domandò Maggie. Lo faceva ogni volta che arrivava il momento di smettere di parlare delle mie frustrazioni; un modo educato per dirmi "basta".

E funzionò, provocandomi un sorriso. Una sera avevo visto Toby che mangiucchiava arachidi nel bar dove lavoravo.

11

Masticava come una capra, e forse proprio per quel motivo si era fatto crescere il pizzetto. Era adorabile.

Persino adesso, dopo tutti quegli anni, reagivo nello stesso modo quando lo guardavo. Doveva essere un buon segno, no?

"Grazie, Maggie," le risposi. "Ora però occupiamoci dei tuoi fiori. Il mio blaterare li sta facendo appassire."

Alzò le spalle con una risata lieve; eravamo entrambi ansiosi, immaginai, di cambiare argomento. La gente positiva di solito frequenta altra gente positiva, temendo di farsi prosciugare le energie. Io, pensai, ero un mix di positivo e negativo, ragion per cui lei mi tollerava. Facevo complimenti alle persone, un modo semplice per accendere almeno una piccola scintilla nel mondo. Tagliavo l'erba nel prato del mio vicino, Christopher, che odiava farlo. E conservavo i buoni sconto per gli habitué del minimarket.

Magari avrei valorizzato un po' di più il mio lato positivo.

"Le calendule mettono sempre allegria," disse Maggie. "Ma con il tempo così secco esco a innaffiare ogni giorno." Alzò lo sguardo. "Però sembra rannuvolarsi. Forse pioverà un po'."

Maggie si era sistemata nella nuova casa troppo tardi per poter piantare l'orto quell'anno, allora si era concentrata sui fiori. Desiderava bellezza e pace, dopo tanti anni di stress. Il direttore del suo dipartimento era originario di Uvalde, e la terribile strage lì avvenuta aveva condizionato l'ultimo anno di corso di Maggie.

Quindi parlammo di fiori per altri dieci minuti. I papaveri della California, in grandi quantità, erano pressoché imbattibili per la loro bellezza e Maggie sperava di poterne piantare un intero campo l'anno a venire. Sperava a un certo punto di aggiungervi dei lupini viola. E magari i cosiddetti occhi azzurri.

Lei e Gary avevano scelto di non avere bambini e di investire le loro energie nell'aiutare i figli altrui. Lui era un insegnante di chimica in pensione da tre anni.

Maggie, seduta a gambe incrociate per terra durante la chiacchierata, fissava il cielo. Aggrottò la fronte.

"Che c'è?" Guardai a occhi socchiusi nel minuscolo schermo.

Lei si alzò e puntò verso l'alto il telefono. Non capivo bene cosa avessi davanti. "Quello è fumo?"

"Ieri non ci sono stati incendi," spiegò, "ma oggi non ho ancora sentito il notiziario. Avevo bisogno di una pausa dopo tutte le incriminazioni. E dopo che hanno ucciso l'ennesima persona per via di una bandiera del Pride."

Maggie era una fervente alleata LGBTQ ed esponeva la bandiera arcobaleno anche se viveva in una contea rurale e conservatrice.

Cominciò ad avviarsi verso casa e poi si fermò con espressione tesa.

"Che c'è?" chiesi di nuovo.

13

"Adesso lo sento," rispose Maggie. Girò l'angolo e mi mostrò ciò che stava vedendo. A un chilometro circa di distanza andavano a fuoco degli alberi.

E una casa.

Le fiamme avanzavano a velocità incredibile davanti ai nostri occhi. Solo un minuto prima dovevano essere ancora lontane da quella casa, e ora lambivano una macchina in fuga.

Osservammo il veicolo sbandare incontrollato e schiantarsi in un fosso.

"Maggie! Vattene da lì!"

All'improvviso, il telefono non mi mostrò altro che sobbalzi frenetici e sfocati. Guardare mi faceva male, naturalmente, ma continuai. Dapprima mi arrivavano solo ansiti. Presto però sentii anche un crepitio roboante.

E poi silenzio, mentre Maggie entrava in casa a cercare le chiavi della macchina, ma ancora niente di nitido. Tornò fuori, e un bagliore arancio colorò le immagini traballanti.

Vidi per un momento la Sonata azzurra di Maggie, prima che lei girasse di nuovo il telefono verso le fiamme. Si erano avvicinate parecchio. Un'altra casa andava a fuoco. Un uomo sui quaranta e una bambina forse di otto anni correvano a tutta velocità via dall'edificio. L'auto parcheggiata accanto all'abitazione era già in fiamme.

"Carrie e Dave!" ansimò Maggie.

"Metti in moto!" urlai.

Mi venne in mente la scena di un film per la TV su un disastro aereo nel Potomac: una donna anziana assisteva alla diretta televisiva in cui una superstite stava per annegare. "Nuota, Priscilla, nuota!" gridava allo schermo, pregando che la sua energia raggiungesse la nipote.

Seguirono altre immagini sfocate, e sentii il motore della macchina tornare in vita. Il telefono adesso era posato su un supporto del cruscotto, e osservai Maggie concentrarsi sulla guida per allontanarsi dalla sua nuova casa.

Frenò bruscamente e guardò a destra.

"Oh, mio Dio!" urlò stavolta, gli occhi pieni di shock e orrore. "Vanno a fuoco!"

"Vai, Maggie, vai!"

La sentii accelerare e la vidi fissare davanti a sé. Il suo viso oscillò appena quando l'auto passò con un sobbalzo sopra delle sporgenze nella strada. Passarono alcuni secondi. Poi un paio ancora. Sembrarono un'eternità.

Vidi Maggie dare un'occhiata nello specchietto retrovisore e spalancare la bocca. Non c'era paura nella sua espressione. Non vi si coglieva nessuna emozione.

"Di' a Gary che lo amo," disse.

Avrei dovuto distogliere lo sguardo.

Invece rimasi ad assistere mentre le fiamme la avvolgevano. E la sentii urlare in agonia per quindici secondi di puro strazio prima che la connessione si interrompesse.

Foschia

Nei giorni seguenti andai in giro con lentezza, agendo in modo meccanico, sveglio a stento. E pensare che il mio supervisore al minimarket di Mount Baker mi accusava di essere *woke*.

Nei dintorni di Portland, un neonazista fu beccato a sparare in una centrale elettrica, attimi prima di riuscire a disattivare il sistema.

Gli scienziati registrarono il giugno più caldo di sempre.

Phoenix affrontò più di trenta giorni di fila con almeno 43 gradi centigradi. Persino i saguari cominciarono a morire.

In Sud Africa morirono dei baobab di duemilacinquecento anni.

I climatologi rilevarono la temperatura più calda mai registrata nell'oceano, superiore ai 37 gradi – quella di un idromassaggio – lungo le coste della Florida.

Il Portogallo, la Spagna, l'Algeria e la Sicilia furono devastati da incendi catastrofici. Anche la Grecia e il Canada.

E la California.

Una nave che trasportava tremila automobili affondò dopo un'esplosione al largo della Norvegia. Le autorità non riuscirono a stabilire se fosse stata attaccata da droni russi che cercavano di allargare il conflitto con l'Ucraina. O se avesse preso fuoco una batteria difettosa su una delle macchine. Oppure se l'incendio avesse avuto una causa completamente diversa.

Tenersi per mano

Toby mi tenne per mano mentre eravamo seduti sul divano, le cosce che si toccavano. Guardavamo la serie *Heartstopper* su Netflix. All'inizio mi ero opposto, non essendo interessato alle storie di coming out adolescenziali, ma avevo sentito che era di una dolcezza sincera seppure un po' melensa, e mi ero arreso.

Maggie mi aveva giurato che ne valeva la pena.

Nei giorni dopo l'incendio, Toby era stato tutto premure. Era persino andato al mercato di Beacon Hill per acquistare le arachidi bollite, una rarità lì nel Nord-ovest della costa pacifica. Le avevamo provate durante un viaggio a New Orleans e mi erano piaciute tanto. Toby non ne era altrettanto entusiasta, ma me ne aveva comprato mezzo chilo.

E quel giorno mi aveva preso del pane keto, in modo che potessi farmi un toast per la prima volta dopo anni.

Si stava appisolando, ma sapevo che era meglio non svegliarlo. Guardai Nick, il giocatore di rugby, accettare a fatica l'idea di essere gay o bisex e che la sua vita stava per cambiare, che fosse pronto o no.

Erano episodi brevi. Visti due afferrai con cautela il telecomando che tenevo in grembo e chiusi Netflix. In ogni caso, un raggio di calda luce solare filtrava dalla finestra accanto alla porta d'ingresso, rendendo impossibile vedere quasi metà dello schermo TV. Avevo intenzione di mettere delle tende sulle due finestrelle ai lati della porta, ma Toby non ne voleva sapere. A volte ci attaccavo sopra una cartellina, soluzione che lui odiava ancora di più.

Toby si mosse.

"Ci è piaciuto?" mormorò.

"Tu sei crollato," risposi. "Non ricordi? Perché secondo te ti sei addormentato?"

Lui si alzò con lentezza e si stiracchiò. "Aspetta che prendo dei cereali e poi guardiamo qualcos'altro."

Si diresse in cucina, zoppicando leggermente per via dell'artrite al ginocchio destro, anche se si notava appena, a parte al risveglio. Lo sentii tirare fuori il contenitore degli anellini d'avena, versarne un po' in una ciotola e ricoprirli di latte d'avena.

L'avena fa bene alla salute del cuore.

Troppi carboidrati per me, naturalmente. Prendevo da sei mesi il semaglutide e avevo perso venti chili, non assumevo più insulina e il mio indice A1C era sceso a 5.4. Ma stavo ancora attento ai carboidrati.

"Che cosa ti va?" gli chiesi. Eravamo in sintonia sulla maggior parte delle serie TV, anche se io guardavo più spesso di lui roba "seria" come *A Small Light* o *The Handmaid's Tale*. Toby tollerava a stento *Resident Alien*: gli era venuta l'ansia quando il dottore aveva progettato di uccidere il bambino che aveva capito che non era umano.

Era solo una commedia, eppure lo rendeva nervoso. Usciva dalla stanza quando le cose si facevano troppo intense. Io volevo vedere una nuova serie che parlava di *leathermen* gay. A Toby un tempo piaceva vedermi con l'imbracatura addosso. L'avevo data via anni prima, non mi stava più. Se l'avessi tenuta, probabilmente adesso mi sarebbe andata di nuovo bene.

Magari dovevo cominciare a risparmiare per comprarne una nuova.

Ma mi resi conto che forse a breve avrebbe fatto troppo caldo per la sopravvivenza della comunità *leather*. Io sudavo persino in inverno quando indossavo i gambali.

"Che ne dici di *Unbreakable Kimmy Schmidt*?" chiese.

Lo selezionai sullo schermo.

"Grazie, Craig." Si sporse per baciarmi prima di buttarsi sui suoi cereali.

Dopo la scomparsa di Maggie mi capitava di sentirmi profondamente consapevole della mia mortalità, e a volte mi chiedevo se stessi sprecando le ore restanti a guardare sciocche serie di cui non mi importava niente.

Ma quello era il nostro momento *insieme*. Dovevamo fare qualcosa come coppia, dopotutto, e non ci erano rimaste molte opzioni. La vista di Toby non era al meglio, persino dopo l'intervento di cataratta, quindi i puzzle di draghi erano un ricordo del passato. Lo Scarabeo era diventato troppo frustrante, perché Toby non era bravo nell'ortografia e si offendeva se rifiutavo una parola da lui giocata. Alla fine avevo smesso di competere, il che voleva dire che vinceva perlopiù lui, e andava bene così. Ci divertivamo.

Un tempo ci giocavamo sempre.

Nonostante avesse anche lui difficoltà nel distinguere i dettagli, Toby mi accoglieva di frequente sulla porta chiedendo: "Noti qualcosa di diverso?" Lo aveva fatto anche quel giorno.

"Uhm, hai spolverato," provai a rispondere. Di certo non potevo dirgli *hai dei nuovi capelli bianchi*. Ormai erano praticamente tutti bianchi, un colore che gli stava benissimo ma che lo faceva sentire vecchio. Se li spuntava solo da bagnati, perché le parti tagliate apparivano grigie nel lavandino, e a quanto pareva il grigio non lo faceva sentire anziano quando il bianco.

"L'ho fatto giorni fa."

"Ehm, hai spostato il vaso giallo."

"No." Sospirò. "Sai, se mi amassi noteresti quello che faccio in casa."

Tuttavia non mi disse che cosa aveva fatto; esigeva che ci arrivassi da solo e glielo dicessi una volta capito.

Dopo aver guardato vari secondi in giro per la stanza, mi arresi.

Non eravamo nemmeno al decimo minuto dell'episodio successivo di *Kimmy Schmidt* quando sentii un *ping* provenire dal suo telefono. Toby lo prese dal tavolino a fianco e lesse un messaggio; sorrise e cominciò a digitare una risposta.

Misi la serie in pausa.

Toby cliccò su *invia* e posò il cellulare, allora io cliccai su *play*.

Venti secondi dopo il suo telefono emise un altro *ping* e lui lo riprese. Pigiai di nuovo su pausa e allungai la schiena, chiudendo gli occhi, mentre per cinque o sei minuti Toby scambiava messaggi con qualcuno dei suoi amici.

Quando riappoggiò il cellulare, apparentemente finito il botta e risposta, mi guardò con aria interrogativa. "Non c'era bisogno che mettessi in pausa."

L'alternativa sarebbe stata farmi il terzo grado per mettersi in pari. Non sarebbe servito a niente spiegargli le mie ragioni, ovvio. Mi limitai a sorridere e premetti *play*.

Toby mi afferrò la mano, se l'appoggiò sulla coscia e continuammo a guardare la serie.

"Carino," disse poi indicando uno degli interpreti, un uomo sui quaranta. "Bel culo."

"Già," concordai. "Ma non bello come il tuo."

"Il mio è vecchio e flaccido."

"Non è flaccido."

"Solo vecchio?"

"Certo che è vecchio. Ha settant'anni, come il resto del tuo corpo. Ma è ancora bellissimo." Non stavo tentando di compiacerlo. Il sedere liscio era una delle sue parti migliori. Glabro e sodo, era ancora baciabile, leccabile e scopabile.

Cosa si poteva chiedere di più al proprio culo?

"Mpf. Grazie."

"Vorrei che me lo facessi vedere più spesso."

Dormivamo separati per via della mia apnea notturna. Passavo la notte in posizione seduta sul divano, mentre Toby aveva la camera tutta per sé. Magari riuscivo a scorgere un pezzettino di lui che si toglieva i vestiti appena prima di infilarsi a letto, ma era tutto. A volte lo sentivo masturbarsi, a luci spente, ma aveva smesso di lasciarmi guardare.

Toby aggrottò la fronte, concentrato sullo schermo davanti a noi, ma capitava così di rado l'opportunità di una vera conversazione che sentii di doverne approfittare. Pigiai il tasto *pausa*.

"Adesso peso 85 chili," gli dissi. "Pensi che sarai mai di nuovo attratto da me?"

"Non ho mai detto di non trovarti attraente."

"Hai smesso di fare sesso con me."

"Non è che me lo chiedi tanto spesso."

Toby mi aveva respinto sei volte, delle ultime otto in cui glielo avevo proposto. "E tu non lo chiedi a *me* da dieci anni."

I suoi occhi si spostarono rapidi dallo schermo in pausa al telecomando e poi di nuovo alla TV.

Occhi grigi, di cui non avevo notato il colore se non al quinto o sesto appuntamento. Non aveva torto sulla mia incapacità di notare i dettagli.

"Ti ho sempre trovato attraente," insistette Toby. "Solo che ho perso interesse perché certe tue parti non funzionavano."

Per un attimo fui confuso. Avevo dato per scontato che il problema fosse il mio peso. Toby stava dicendo che non lo eccitavo più per via delle punte delle dita rese leggermente curve dall'artrite di cui soffrivo anch'io? Perché non riuscivo più a schizzare lontano? Perché a volte le ginocchia mi scrocchiavano? Feci un esame mentale del mio corpo.

"Hai smesso di farlo con me perché mi venivano i crampi alle gambe mentre scopavamo?"

Lui girò la testa e i nostri sguardi si incrociarono. Ah.

Aveva smesso perché, per due volte di fila, avevo fatto fatica a mantenere l'erezione.

Toby stesso prendeva pillole per la disfunzione erettile. Non poteva suggerire anche a me di farlo? *Avevo* chiesto al dottore una ricetta, poco dopo il fatto, e lui lo sapeva.

"Gesù Cristo. Stiamo parlando di sesso e non riesci nemmeno a dire 'erezione' o 'duro'?" Non eravamo bambini, in fondo. Non avevamo bisogno di dire 'il tuo pisellino'.

"Vedi? Sapevo che ci saresti rimasto male. Ecco perché non ho mai detto nulla."

Toby riportò la ciotola in cucina. Lo sentii posarla nel lavello. Senza sciacquarla. E poi raggiungere il suo studio.

Spensi il televisore e andai verso il mio, nella parte anteriore della casa. Mi loggai su Facebook e scorsi le foto dei miei amici: gatti e cani e sciarpe appena lavorate ai ferri.

E per qualche sadica ragione, l'algoritmo decise che volevo vedere immagini postate da estranei di torte dolcissime e splendide alla vista.

Perché Toby non mi aveva detto come la pensava? Erano passati anni. Stavamo per festeggiare il nostro ventunesimo anniversario. Razionalmente capivo che il sesso non era più la priorità per le coppie mature, ma... così?

Per distrarmi continuai a guardare Facebook.

Roger, un mio amico sordo di San Francisco, aveva postato una vignetta: raffigurava un padre e un figlio che scendevano da una macchina davanti a una casa in periferia, con due pesci cotti infilzati su un palo. Sulla soglia venivano accolti da una donna. Il padre annunciava: "Quando siamo arrivati, tutti i pesci del lago erano bolliti."

Notai che aveva i capelli bruciacchiati. Nell'angolo della vignetta, un fitto pennacchio di fumo si levava da una montagna che ardeva in lontananza.

Maggie avrebbe desiderato passare una settimana nella giungla amazzonica prima che venisse in buona parte abbattuta. Sperava di andarci in gennaio o febbraio, se fosse riuscita a persuadere Gary.

Toby si seccava se prendevo il traghetto per Vashon senza di lui, ma ogniqualvolta chiedevo se volesse venire mi rispondeva che nella zona dei fiumi faceva freddo.

Perché non mi aveva chiesto di indossare un cock ring? Forse aveva paura di ferire i miei sentimenti, che fossi troppo fragile per reggere la notizia.

Quando alla mia gemella sedicenne avevano diagnosticato un linfoma non-Hodgkin, i nostri genitori avevano detto al dottore di non informarla. Carol aveva iniziato la chemioterapia senza che gliel'avessero neppure chiesto.

Almeno alla fine, prima di morire, aveva appreso la verità.

Io avevo il diritto di sapere perché mi ritrovavo in un matrimonio senza sesso.

Passai a YouTube e ascoltai per un po' Claude Barzotti. Non mi stancavo mai di *Le Rital*.

Ma quella sera non mi bastò.

Seduto alla scrivania, fissai gli scaffali sopra il monitor. I libri e i DVD erano il mio unico collegamento con il mondo esterno. *Roommate*, di Sarina Bowen, *The Rules*, di Jamie Fessenden, e *Now I'm Here*, di Jim Provenzano.

E la mia serie TV preferita.

Lucy ed io.

Ma quelle vite alternative non sembravano più offrirmi una via di fuga. Erano sbarre che mi tenevano confinato dentro casa, lontano dalla vita vera.

Toby e io avevamo optato fin dal principio per una relazione aperta, visto che le mie due precedenti storie, lunghe e monogame, erano state soffocanti. Ma mi ero limitato a tenere gli occhi aperti su eventuali opportunità, una o due volte l'anno. Un autista di autobus qua, un bancario là, persino uno degli uomini che venivano settimanalmente a raccogliere gli sfalci del giardino. Avevo lasciato il lavoro al bar meno di un anno dopo l'inizio della convivenza.

Ma non ero mai stato metodico nel mio *cruising*. Avevo dedicato buona parte delle mie energie sessuali a fare complimenti – del tutto sinceri – a Toby per il suo culo, ad ammirare la leggera curvatura del suo naso, che mi provocava uno spasmo al cazzo se lo guardavo a lungo, e negli ultimi mesi a fantasticare sul giorno in cui avrebbe ritrovato interesse per me.

Una volta lo avevo persino colto di sorpresa mentre si chinava per darmi il bacio della buonanotte: me l'ero tirato in grembo, massaggiandogli la schiena per cinque minuti mentre mi facevo pulsare l'uccello più intensamente possibile contro il suo culo perché lo sentisse persino attraverso due paia di mutande.

Ma ora…

Cercai "siti rimorchio gay" e rimasi sorpreso della varietà che trovai. Mi piaceva vestirmi di pelle, ma non il sadomaso. Mi piaceva il sesso senza preservativo, ma dopo due soli minuti di ricerca avevo visto più di dieci offerte del genere "bidone di sborra", con tanto di foto.

Andai avanti.

Uomini in Uniforme mi intimidiva. Twinks a Go-Go non mi faceva alcun effetto. Daddy Sale e Pepe? Forse. Nonnetti Sexy?

Vecchi Panciuti. Esisteva sul serio? Di quei tempi c'era così tanta satira online. Eppure una volta lo avevo succhiato al proprietario panciuto di un negozio di antiquariato di Capitol Hill ed era stata un'esperienza del tutto godibile, quindi il nome del sito non costituiva un problema.

Selezionai due siti di incontri, e per ciascuno scrissi un profilo diverso e caricai una foto differente. Era un po' rischioso mostrare la faccia, il pericolo degli stalker era reale, ma i miei 13 centimetri non erano un'esca sufficiente per procurarmi un uccello di lunghezza superiore.

Mi feci un paio di selfie nudo, osservai con un'alzata di spalle il risultato e li aggiunsi a *galleria*. Poi cliccai su *carica*.

C'erano centinaia di uomini della mia zona su entrambi i siti. A me servivano giusto due o tre scopamici per sentirmi di nuovo vivo. Ma mentre aspettavo che arrivasse qualche richiesta diedi una scorsa agli altri profili.

"Niente chiacchiere pallose!" proclamava un tizio. "Sono qua per scopare!"

Anch'io, ma se sei così sgarbato ti sto alla larga.

"Non mi viene duro ma posso sempre succhiarlo."

Mmm. Forse ora capivo meglio il punto di vista di Toby, visto che neanche io trovavo così allettante l'offerta.

Sentii bussare alla porta dello studio. "Buonanotte, Craig."

Aprii e diedi un bacetto a Toby. "'Notte, tesoro."

"Ti amo."

"Anch'io ti amo." Dovetti fare uno sforzo per non sospirare. Contavo che stessimo dicendo entrambi la verità, ma non ero più sicuro che l'amore bastasse.

Toby raggiunse la sua camera e chiuse la porta. Mi sedetti di nuovo alla scrivania e lo ascoltai masturbarsi attraverso la parete. Mi sentivo più solo che mai.

Sessantadue anni non erano male come età. Magari non avevo bisogno di rimanere sulla scena ancora a lungo. Se non mi stavo più godendo la vita e non facevo niente per rendere il mondo un posto migliore...

Cercai di farmi una sega davanti alle foto profilo di Uomo Capezzolo ma non raggiunsi l'orgasmo, troppo distratto dal nome di questo nuovo supereroe per capire come salvare me stesso.

Volo di collegamento

"Ciao, Craig." Dal vialetto della casa accanto Kaymeena mi salutò con la mano, mentre spostava il bidone del verde sul marciapiede. Lei e suo marito Christopher si erano trasferiti lì circa dieci anni prima. Toby chiacchierava con loro più di me; mi aveva riferito che la figlia maggiore era andata a studiare in Argentina e che il più giovane aveva cominciato l'università a Chicago.

Cercavo di essere educato, ma avevo sempre l'impressione di intromettermi. Davo istintivamente per scontato che se mi mettevo a chiacchierare in giardino, i vicini si sentivano intrappolati dalla loro stessa cortesia. Probabilmente avevano da fare e non volevano essere scocciati.

"Ciao, Kaymeena. Come state?"

Di solito Christopher guardava dall'altra parte, fingendo di non vedermi. Forse era imbarazzato dal fatto che gli tagliavo il prato.

"Quanto mi piace questo caldo." Fece una risatina. "So che tu invece lo odi. Toby mi dice che insisti a tenere 12 gradi in casa d'inverno."

"Una volta che la temperatura sale a 15 devo almeno accendere il ventilatore."

Kaymeena si strinse d'impulso le braccia intorno al corpo. Indossava un maglione che le arrivava quasi alle ginocchia. La temperatura doveva avere superato i 20 gradi, anche se era mattina presto. Aveva i capelli acconciati in due trecce che le penzolavano sotto le spalle, a mo' di coperta extra. "Avrei un terapeuta da consigliarti," mi prese in giro.

"Potrebbero servirmene due," le risposi. Negli anni a venire, la gente che amava il caldo avrebbe goduto certamente di una salute mentale migliore rispetto a fossili come me.

Kaymeena mi salutò con un altro cenno della mano e rientrò, e io proseguii lungo Renton Avenue. Mi ero preso un giorno di vacanza senza dirlo a Toby ed ero deciso a fare un misero tentativo di riprendere il controllo della mia vita. Finora non avevo avuto fortuna con gli incontri online. A White Center c'era una videoteca per adulti con sala giochi e cinema, ma ci volevano tre autobus per arrivarci.

Ne avevo trovata un'altra situata a Des Moines, più lontana ma più facile da raggiungere. Presi la 106 in direzione della stazione della metropolitana leggera, di cui raggiunsi il capolinea, Angle Lake. Dopo un'attesa di due minuti per la Express A, presto mi trovai sulla 216a strada.

Da lì, Lucky Video distava un breve tratto a piedi.

O almeno così pensavo. Sulla mappa, il negozio sembrava a meno di due isolati dall'incrocio, invece ne percorsi cinque in ciascuna direzione senza trovarlo. L'unico indizio che mi diceva che era la zona giusta era un cartello che proclamava "I veicoli coinvolti in attività di prostituzione verranno sequestrati".

Dopo aver cercato invano per un'ora e un quarto feci ritorno alla metro. Adesso la temperatura doveva aver superato i 26 gradi, un discreto caldo per Seattle. Comprai un biglietto della lotteria in un 7/11, poi proseguii e ingerii la mia pillolina blu, per ogni evenienza.

A colazione avevo assunto quattro capsule di fibre con un bicchiere d'acqua, per riempirmi lo stomaco, e sebbene mi sentissi stanco e accaldato decisi di continuare la passeggiata per tentare di perdere qualche altro etto. Mi diressi a nord sulla International Boulevard. La stazione metro del SeaTac, l'aeroporto, non era tanto distante da lì.

E non è che avessi di meglio da fare.

Avevo appena superato Angle Lake Park quando notai della gente allineata sui marciapiedi ai lati della strada. Avvicinandomi vidi che erano gli assistenti di volo di una grossa compagnia.

Centinaia e centinaia e centinaia di assistenti di volo. Tutti brandivano cartelli.

Al 1° posto per la soddisfazione del cliente, al 6° per gli stipendi

9 anni senza un contratto

Vogliamo piena retribuzione per tutto il tempo lavorato

Profitti record, sfruttamento record

Dozzine di automobilisti, da entrambe le direzioni, esprimevano solidarietà suonando il clacson.

"Ciao!" Un uomo sulla trentina con i capelli castano scuro cortissimi agitò energicamente la mano. "Indossi una maglia rossa. Sei un sostenitore?"

"Ehm, sì," risposi. "Sì, certo." Continuavo a non avere niente di meglio da fare.

Il giovane mi porse un cartello che diceva "Contratto equo per gli assistenti di volo!" e si spostò per farmi spazio al suo fianco.

"Mi chiamo Jonah."

Era ben rasato e più pallido di come mi piacevano di solito gli uomini, ma amichevole, il che lo avvicinava al mio tipo ideale.

"Craig." Mi misi all'ombra di un albero.

Mi diede una spallata leggera. "Grazie per essere venuto."

Per un attimo mi sentii un impostore, ma che lo avessi programmato o no, ormai ero lì a dare manforte. Gli automobilisti continuavano a suonare il clacson. Gli assistenti di volo gridavano slogan. Passavano bus locali, pullman, taxi, car-sharing. Navette dell'aeroporto. Gli autisti dell'UPS strombazzavano solidali, così come gli uomini della raccolta immondizia.

I soli che non suonavano il clacson erano i corrieri Amazon.

Jonah notò che guardavo un furgone Amazon. "Hanno le telecamere installate," spiegò. "Gli autisti hanno paura a mostrare sostegno."

Quasi tutti gli altri però lo facevano. Nell'aria c'era un'energia contagiosa. Mi sentivo quasi bene.

No, *mi sentivo* bene. Era fin troppo facile, quando si era costantemente bombardati da notizie negative, accettare che alla maggior parte della gente non fregasse niente. Invece, nell'ultima ora l'ottanta per cento circa delle centinaia di passanti aveva suonato e salutato con la mano.

"È solo un colpo di clacson," disse Jonah alzando le spalle dopo l'ennesima strombazzata di un corriere. Sembrava leggermi nella mente. "Due secondi di solidarietà, ma non è roba da niente."

"Farà qualche differenza?"

"L'ha già fatta."

Non riuscii a trattenere un'espressione perplessa in stile Spock.

Jonah rise. "È tristemente noto che i CEO sono impermeabili all'umiliazione pubblica."

"Quindi…"

Lui indicò con un gesto della mano la lunga fila di assistenti di volo. "Veniamo visti e sentiti," disse. "E lo *percepiamo*. *Questo* è ciò che conta per noi."

Dal momento del mio arrivo il sole si era spostato, insieme all'ombra proiettata dall'albero, così mi allontanai dal sole rovente. Alcuni manifestanti si riparavano sotto gli ombrelli, ma un numero impressionante di persone sembrava insensibile al calore.

"Hai caldo?" chiese Jonah.

"Ma tu capti tutto quello che ho in mente?" Gli feci un sorrisetto. Flirtare non è affatto come andare in bici.

Ricordando la mia incapacità di notare da subito il colore degli occhi di Toby, osservai quelli di Jonah. Castano chiaro, quasi dorato, un colore inusuale e piuttosto sorprendente. Sapevo che certa gente giudicava gli altri dalle scarpe, mentre a me non poteva importare meno di cosa portavano ai piedi, soprattutto visto che gli uomini li preferivo senza vestiti.

Guardando Jonah reggere il suo cartello di protesta notai che aveva le unghie tagliate tutte in modo identico, lasciando un millimetro di bianco sulla punta. Una precisione un po' anale. Magari era positivo. Mi piacevano gli ani.

E aveva vene enormi sul dorso di entrambe le mani.

Riflettei senza volerlo su quanto sarebbero state utili nel caso avesse avuto bisogno di una flebo.

Non c'era da stupirsi se Toby mi riteneva strano.

Jonah fece spallucce. "So che cosa significa quel sorriso," disse. Pescò un biglietto da visita dalla tasca. "Qua c'è il mio numero. Noi stacchiamo tra una mezz'ora. Devi andare da qualche parte?"

Annuii con aria fintamente stanca e Jonah arricciò deluso il naso.

"Sì, a casa tua," dissi con un lieve sogghigno.

Jonah sorrise. "Sei *davvero* bravo a sostenere i lavoratori."

"Posso dare il mio sostegno da davanti o da dietro."

"Credo che in realtà volessi dire 'da davanti *e* da dietro'."

Sussurri

Avevo dimenticato quanto fosse buono il sapore dello sperma. E quanto fosse divertente passarselo baciando in bocca un uomo.

Era come bere una Coca messicana ghiacciata in una calda giornata d'estate, una sensazione di piacere supremo.

Da vicino vidi che Jonah aveva una gobbetta in cima al naso e quella che sembrava una cicatrice da acne in basso sulla guancia sinistra.

"Mi sono fatto rimuovere un neo," spiegò.

"Scusa se ti ho fissato."

Alzò le spalle. "Mi dai l'occasione di fissarti anch'io." Sorrise. "Occhi nocciola e sopracciglia strappate a casaccio."

"Ehm…"

"È più facile se le pareggi con un regolabarba. Me lo ha insegnato papà."

A me non lo aveva insegnato nessuno – Toby non aveva problemi simili – e mi sentii stranamente grato della dritta. Jonah poi si occupò di un'altra cosa dritta, strizzandosela per farne uscire un'ultima goccia di seme. Mi sporsi a leccarla. Poi lui mi baciò un'altra volta.

Dopo, mentre ci rivestivamo, notai finalmente l'ambiente circostante. Foto incorniciate di vari aeroplani, grossi e piccoli, ornavano le pareti di casa sua. Manifesti, anch'essi incorniciati, di film: *Airport, L'aereo più pazzo del mondo, Air Force One*. Sul tavolino da caffè, una scultura in peltro di un aereo a elica d'epoca.

Mi accorsi che il suo divanetto erano in realtà due sedili d'aereo uniti, con tanto di cintura di sicurezza e braccioli mobili. Una mappa cartacea appesa al muro era punteggiata di spilli colorati a indicare, immaginai, le località in cui Jonah era stato, per lavoro o per piacere.

E tutt'a un tratto non potei pensare che all'impronta ambientale del trasporto aereo. Jonah sembrava un tipo a posto, e io ero sinceramente solidale con gli steward. Ma adesso non riuscivo a smettere di pensare ai risvolti etici di lavorare in un settore così deleterio.

Qual era stato il volo che aveva definitivamente portato il clima della California nella zona di rischio?

"Ho dei turni di lavoro assurdi," disse Jonah accompagnandomi alla porta, "ma spero che potremo rifarlo."

"Idem."

Doveva avermi colto a fissare con aria perplessa uno dei suoi poster. "Quasi ogni lavoro," mi disse, "arricchisce qualche multinazionale che distrugge il pianeta. Nemmeno lavorare da casa o fuori dal sistema migliora le cose."

Non capivo come facesse a leggermi dentro con tanta facilità.

Si chinò per sussurrarmi nell'orecchio l'atto sessuale che mi imbarazzava chiedere ma che volevo provare più di ogni altro.

A quel punto non mi importava più di capire come riuscisse a entrarmi nella testa.

"Fammi sapere se organizzate qualche altra protesta."

Jonah mi diede un altro bacio focoso prima di condurmi fuori.

Una volta a casa feci un'aggiunta a entrambi i miei profili online: "Oltre a scopamici cerco scopattivisti."

Tanto non avrei ridotto granché il numero di inviti ricevuti. Più sotto dello 0 non si poteva andare.

***

Prendevo sempre i miei farmaci insieme a un sorso di kombucha, seguito da un cucchiaio di ricotta con probiotici. Un microbioma in salute, mi aveva spiegato Maggie, era essenziale per tenere sotto controllo il peso, gestire il diabete e rafforzare il sistema immunitario. All'epoca in cui studiavo Biologia non si parlava di microbioma intestinale, ma Maggie, in quanto docente, si era tenuta aggiornata sulle scoperte scientifiche.

Toby odiava quando cantavo "Basta qualche batterio e la pillola va giù," ma era la verità, e c'erano giorni in cui non resistevo a canticchiare almeno la melodia.

Non avrei più ricevuto gli utili consigli di Maggie.

Per cena Toby cucinò dei burger vegetali speziati con contorno di fagiolini e cipolle in teglia, uno dei miei piatti preferiti. Cercai di andarci piano con le cipolle fritte e ingurgitai qualche capsula extra di fibre per controbilanciare i carboidrati. Bevvi dell'acqua al lime e Toby una tazza di caffè freddo avanzato dalla mattina.

"Noti niente di speciale nelle spezie?" chiese.

"Uhm… che sono piccanti?"

"Mpf." Toby mangiò i bocconi successivi in silenzio. Non capivo perché cercasse l'infelicità. Non ce ne arrivava già abbastanza?

"Fare caso alle persone," mormorò qualche istante dopo, "è sexy." Prese il telecomando.

Non aveva senso fargli notare che avevo comprato una polo nuova turchese, adesso che entravo di nuovo in una Large, e che lui non aveva detto una parola. Non era il genere di gara che avessi voglia di vincere.

"Clayton e Ben oggi hanno ottenuto il visto," raccontò Toby mentre selezionava un programma dalla sua lista e premeva *play*. Anche se cercavamo di mangiare insieme ogni volta che ne avevamo l'occasione, la TV faceva da sfondo a ogni conversazione. Guardai lo schermo, dove partì un documentario sulle donne che agli inizi degli anni Sessanta cercavano di entrare nel programma spaziale.

"Si trasferiscono davvero in Francia?" Clayton e Ben erano amici di Toby, non miei, li conoscevo superficialmente.

"Hanno troppa paura per rimanere," spiegò lui. I due vivevano a Marysville e un paio di volte avevano scansato un mattone gettato attraverso la finestra del salotto. Qualcuno gli aveva scritto "PREDATORI" con lo spray sul vialetto. In quel periodo qualsiasi persona LGBTQ veniva accusata di "adescamento".

"Vorresti emigrare?" gli domandai. Io sapevo un po' di italiano e francese, e Toby parlava uno spagnolo accettabile.

Fece di no con la testa. "Non scapperò come un bambino spaventato." Non riuscì a evitare un tono giudicante.

Visto come reagiva alle situazioni tese, avevo voglia di suggerirgli di insegnare al corso di autoconsapevolezza della Seattle Central, ma in fondo non sarebbe servito a niente. Toby stava solo cercando un argomento attuale di cui parlare a cena. Dovevamo pur parlare di qualcosa.

"Ho letto un articolo sul nuovo contratto per gli autisti di autobus cittadini," dissi. Altrimenti avrei dovuto menzionare l'incendio all'accampamento dei senzatetto a nord di Seattle.

"Sì?"

"Non potranno più fare ricorso se discriminati sul lavoro."

Toby fece spallucce. "Be', è la realtà di oggi."

Guardai alla TV una donna anziana descrivere quel che aveva provato il giorno in cui avevano cancellato l'addestramento delle astronaute, nonostante le donne ottenessero risultati complessivamente migliori degli uomini nei test di deprivazione sensoriale.

"Che cosa pensi della realtà in India, con qualcosa come un aumento dell'85% delle piogge forti e *contemporaneamente* del 50-55% della siccità?" Essere nerd era un conto, ma era chiaro che io stavo diventando ossessivo.

Toby non rispose. Il suo telefono produsse il *ping* che indicava l'arrivo di un messaggio, allora mise in pausa per rispondere.

Continuai a mangiare e ogni tanto alzavo lo sguardo verso lo schermo dov'era cristallizzata l'immagine d'archivio di una delle donne intervistate nel 1962, che indossava un abito elegante e tacchi alti per lavorare come pilota collaudatrice.

Toby posò il telefono e fece ripartire il documentario. "Queste storie non significano più niente," disse, e non fui sicuro a cosa si riferisse finché non proseguì. "È come sentire la notizia dell'ennesima sparatoria in una scuola. I disastri climatici ormai sono rumore di sottofondo."

"La prossima settimana c'è una manifestazione davanti a una banca del centro," dissi. "Per chiedere che smettano di concedere prestiti alle compagnie di carburanti fossili."

"Craig, dobbiamo proprio parlarne?" Prese il telecomando e alzò leggermente il volume. Vidi il numero sullo schermo aumentare da 12 a 14. "Non voglio partecipare. Tanto è troppo tardi per fare qualcosa."

Toby si addormentò prima della fine del documentario. Spensi la TV e senza fare rumore portai i piatti in cucina, dove li lavai sprecando troppa acqua, dato che non avevamo una lavastoviglie. Poi andai nel mio studio e controllai il computer.

Avevo ricevuto una risposta da un uomo che voleva essere mio compagno di attivismo. "Prima scopiamo," disse, "e vediamo se c'è sintonia. Se c'è, poi ci *attivistiamo* fino a scoppiare."

Magari pensava che lo prendessi per i fondelli. Magari era lui che mi stava prendendo per i fondelli. Ma che mi importava?

Feci un respiro profondo e digitai una risposta. "Quando ci possiamo incontrare, compagno?"

Pioggia

Alluvioni di portata storica devastarono parti del Vermont, dell'Italia e della Slovenia. Grandinate distrussero raccolti, auto e case in Spagna e in Germania, in Colorado e in Minnesota. Le Filippine, Taiwan e la Cina furono spazzate da tifoni.

In Texas, le biblioteche pubbliche venivano riconvertite in centri di correzione giovanile. I distretti scolastici in giro per il Paese mettevano al bando libri su razza, genere e orientamento sessuale. I drag show venivano vietati, se non criminalizzati, in uno Stato dopo l'altro.

Nel Sud-ovest degli USA, i dottori cominciarono a curare ustioni di terzo grado su pazienti che inciampando erano caduti sull'asfalto. A Phoenix furono occupati tutti e trentacinque i letti di un reparto ustionati.

La gente cuoceva i cookies in macchina. Le auto si deformavano o scioglievano.

I governatori del Texas misero al bando le pause per bere di chi lavorava all'aperto.

Una donna californiana bagnò con la canna un postino che era svenuto nel suo vialetto d'ingresso.

Nel Regno Unito, i dipendenti delle ferrovie scioperarono per tre giorni. Quelli delle Poste lo avevano fatto per un giorno ed erano ancora impegnati in difficili negoziati; anche gli impiegati delle università avevano in programma uno sciopero, e quello del Servizio sanitario nazionale continuava da mesi.

Segni di vita

"Ti auguro di passare una bella giornata alla manifestazione, Craig." Toby mi baciò mentre uscivo di casa. Si era assicurato che avessi messo la protezione solare. Mi aveva anche aiutato a migliorare il mio cartello di protesta. Io avevo scritto lo slogan, "Se rompi il pianeta non riavrai la caparra" – sembrava appropriato da mostrare fuori da una banca, sebbene la battuta non fosse perfetta – e lui aveva suggerito di aggiungere qualcosa sul retro, in modo che la gente potesse trarre ispirazione sia da una direzione che dall'altra.

Mi aveva consigliato: "Alle compagnie petrolifere dai profitti record non servono prestiti".

Un punto ovvio che non avevo preso in considerazione. Poco prima di uscire avevo aggiunto in un colore diverso: "o di sovvenzioni".

In metropolitana mi assicurai di tenere dritto il cartello, in modo che lo vedessero anche altri passeggeri. Non importava se fossero d'accordo o no. Volevo sapessero che c'era una manifestazione per il clima e che qualcuno stava facendo rumore.

Avevo cercato commedie che parlassero di manifestanti, senza trovarne nessuna. Sarebbe stata una buona opportunità per qualche filmmaker intelligente, se fosse riuscito a elaborare un'idea. Avevo guardato tutte le stagioni di *Derry Girls*, quindi sapevo che era possibile parlare di temi seri con umorismo. Da quando era morta Maggie mi rendevo conto che continuavo a scivolare nella negatività, e dovevo smettere, per il mio bene, se non per gli altri. Quel giorno avevo sperato di trovare un aneddoto divertente da condividere in seguito.

E non ne trovai uno adatto, finché…

Sulla metro, una bionda tozza di circa trent'anni, seduta accanto a un biondo tozzo e a due valigie, mi fece il dito medio.

"Spiacente," le dissi, "niente prodotti sottomarca."

"Eh?"

"Cerca di vendere suo marito?"

Lei scattò in piedi e balzò in avanti, ma si fermò, come se qualcuno l'avesse fermata, anche se nessuno la stava toccando. "A noi qua non piacciono quelli come te!"

"Questa è la mia città, signora. Lei è in visita. Si comporti bene."

"È il *mio* Paese."

"Be', è il *mio* pianeta."

Questo parve confonderla. Il marito guardava fuori dal finestrino, e immaginai che non fosse la sua prima scenata in pubblico. Le norme sociali si erano trasformate di netto dall'inizio della pandemia.

A essere sincero, nemmeno io mi sarei mai comportato così in passato.

Né avevo mai provato gli "appuntamenti" online.

Mi ero incontrato con Doug Stopher, il compagno di scopate/attivismo che mi aveva contattato online. "Ti va bene non usare il preservativo?" aveva chiesto la prima volta, mentre cominciava a slacciarmi la cintura. "Il poliuretano è plastica e non si degrada velocemente."

Mi ero ricordato di avere letto una poesia di John Donne, *La pulce*, in cui un uomo fornisce un ragionamento altrettanto ridicolo alla donna di cui vorrebbe essere l'amante.

Ma quando hai sessantadue anni, hai già l'HIV e senti che comunque buona parte della tua vita è passata, l'idea di farlo senza protezione non ti è sgradita come magari dovrebbe. Ero risultato positivo al test pochi mesi prima che io e Toby cominciassimo a vederci, e avevamo sempre usato il preservativo, anche se la mia carica virale era rimasta invisibile per più di vent'anni.

Da giovane indossavo il profilattico e mi restava duro senza problemi. Negli ultimi anni invece non sentivo niente anche se era sottile.

Vecchio o no, un uomo doveva sentirsi stimolato in qualche modo per mantenere l'erezione. Persino dopo aver preso la pillola blu.

"Basta che non usiamo un gel a base di petrolio," avevo risposto. Doug aveva folti capelli biondo sabbia, con ciuffi lanosi più scuri sul petto e peli morbidi e incolti intorno al cazzo, abbastanza folti da nasconderlo persino quando era eretto, nonostante i quasi quindici centimetri di lunghezza.

Quindici reali, non centimetri gay.

Qualcuno magari lo avrebbe trovato fin troppo cespuglioso – continuavo a pensare alla descrizione del sesso orale fatta da Larry David – ma in fondo così avevo più pelo in cui ficcare la faccia.

"Uso una lozione a base di glicerina," mi aveva detto. "Ma mi trovo bene anche con l'olio d'oliva o di cocco."

"Sembri sui trent'anni," gli avevo detto. "Quante volte riesci a venire?"

"Due, se sono motivato."

"Allora scopiamo una volta con la lozione e un'altra con l'olio di cocco e vediamo quale preferiamo."

Avevamo scoperto che ci piacevano entrambi. Poi me l'ero scopato usando il balsamo per capelli come lubrificante. Anche quello funzionava bene, ed era più economico dei prodotti a base di siliconi. Lui, sdraiato a faccia in giù ma appoggiato sui gomiti, aveva letto ad alta voce gli ingredienti del balsamo mentre me lo facevo. Un comportamento tanto insolito da rendermelo ancora più duro.

Doug era sieronegativo, ma seguiva la profilassi pre-esposizione e non era preoccupato per la mia condizione. Aveva il culo leggermente piatto senza essere flaccido, ma non carino quanto quello di Toby. Tuttavia, una delle cose che mi piacevano di più della varietà era… la varietà.

Per quanto amassi le arachidi bollite non mi sarebbe piaciuto mangiare *solo* arachidi ogni giorno.

Doug e io ci eravamo messi d'accordo per un'altra sessione di giochi.

E per trovarci quel giorno di fronte alla banca. "Se sei bravo a protestare come lo sei a letto," mi aveva detto, "diventeremo ottimi amici."

La banca contro cui manifestavamo era situata sulla Quinta Avenue, anche se non era certo l'unica che ancora forniva prestiti per progetti legati ai combustibili fossili. Negli ultimi anni molte università, cedendo alle pressioni, avevano escluso gli investimenti di quel tipo dai loro portafogli. Lo stesso avevano fatto svariate amministrazioni comunali. Ma alcuni legislatori avevano intenzione di criminalizzare il disinvestimento.

Svoltando sulla Quinta Avenue, cominciai a vedere la folla. Un sacco di persone indossavano maglie verdi, e un numero ancora maggiore brandiva cartelli.

Qual è il vostro ROI sulla morte?

Investite nel nostro futuro, non nel fossile!

Il cambiamento climatico ci manda in bancarotta!

Le compagnie petrolifere prosciugano i risparmi del clima

Le banche sopravvivono solo se sopravvive la civiltà

Un uomo con la mascherina verde sulla bocca, vedendomi arrivare nella sua direzione, mi fece un cenno con la mano.

Io mi ero tolto la maschera anti-COVID appena sceso dalla metro, ma Doug mi accolse chinandosi e urlandomi nell'orecchio per farsi sentire sopra il baccano: "Indossa sempre la mascherina alle manifestazioni. Ti filmano."

Pescai la mia dal marsupio e me la rimisi sul viso.

"Che bello vederti," mi disse. "A volte, l'unica cosa che si ha in comune con uno scopamico è il cazzo."

Sospettavo che la maggior parte delle volte fosse sufficiente quello.

Anzi, dopo una siccità durata anni, qualsiasi goccia potessi succhiare da un cazzo mi forniva un sostentamento essenziale alla vita. Era possibile un'alluvione di cazzi, immaginai, ma il cambiamento climatico non aveva ancora saturato l'atmosfera di seme in eccesso. Per il momento.

Le parole di *It's Raining Men* cominciarono a penetrarmi nella mente.

Ecco, ora stavo pensando a cose che penetrano.

Era bello, sì, avere qualcosa in comune con Doug. Toby mi piaceva, e credo che lo amassi ancora. Ma due coinquilini, per quanto intimi, non lo erano mai quanto due coniugi, e non essendoci speranza di riprendere ad avere rapporti sessuali, il nostro matrimonio non poteva fare altro che evolvere.

"Investiamo nell'energia verde!" cominciò a intonare la folla. "Investiamo nell'energia verde! Investiamo nell'energia verde!"

Ricordai come mi ero sentito energizzato alla protesta degli assistenti di volo, il giorno che avevo conosciuto Jonah.

Doug agitò in alto il suo cartello: *In carestia non si può mangiare denaro.*

Eppure tutti i ricchi del mondo erano convinti che *loro* avrebbero goduto di un riparo e di protezione, persino mentre intorno la gente moriva. L'incapacità di vedere la realtà era tra le dinamiche della dipendenza.

"Bel cartello," dissi, anche se non credevo che avrebbe avuto alcun impatto su chi prendeva le decisioni. Tuttavia poteva sempre averne sulla gente che lo vedeva al notiziario.

Peccato che non ci fosse nessuna troupe televisiva.

"Zero prestiti per chi uccide il clima! Zero prestiti per chi uccide il clima! Zero prestiti per chi uccide il clima!"

"Cielo arancione per gli incendi, tuta arancione per i criminali che li causano!"

Nonostante il tema serio, la manifestazione aveva un'atmosfera di festa. I canti e lo sventolamento di cartelli continuarono per altri venti minuti. Mi stavo divertendo. Doug si allungò un paio di volte a pizzicarmi il capezzolo e titillarmi l'anellino, e nessuno sembrò notarlo. Oppure lo avevano notato ma se ne fregavano.

Mi chiesi se qualcuno avrebbe tenuto un discorso, ma ci trovavamo sul marciapiede e non ero sicuro che gli organizzatori avessero ottenuto il permesso di farlo. A un certo punto, alcuni manifestanti si presero per mano formando una catena e bloccarono il traffico, cosa chiaramente vietata, poiché la polizia intervenne e arrestò quelli che si rifiutavano di tornare sul marciapiede. Tirai fuori il cellulare e cominciai a scattare foto. Non erano scene violente, grazie a Dio, ma la gente doveva vedere.

"Non portare mai il telefono a una manifestazione," mi disse Doug.

"Perché? Dobbiamo documentarla."

"Le posizioni dei cellulari possono essere tracciate. Lascia che sia qualcun altro a riprendere quello che succede."

Puntai l'obiettivo e feci varie altre foto.

Mentre la polizia era impegnata a trattenere gli ultimi occupanti in strada, sentii la folla dietro di noi urlare e mi girai: la gente correva via dall'entrata della banca. Mi ci volle un momento per capire cosa stava succedendo. Qualcuno aveva versato un enorme secchio di olio motore usato sul marciapiede davanti alle porte.

Ma non era solo olio. Dentro c'erano dei pezzi di carta, completamente anneriti. Mi ci volle un altro momento per notarne le dimensioni. Il secchio era stato riempito di denaro ricoperto di olio motore. Denaro finto, probabilmente, ma della grandezza giusta. Forse erano banconote da un dollaro vere. Non erano soldi del Monopoli.

Scattai altre foto.

"Andiamo via." Doug mi tirò il braccio, indicando con la mano il punto in cui altri poliziotti stavano correndo verso la folla, e i manifestanti si sparpagliavano in tutte le direzioni.

Gettare olio sul tragitto che porta a una banca era, ovviamente, qualcosa per cui non danno permessi. I più estremisti stavano infrangendo la legge, il che voleva dire che agli occhi della polizia tutti i presenti stavano infrangendo la legge.

Lo avevo visto succedere anche durante le proteste per George Floyd.

Doug lasciò cadere a terra il cartello, e allora capii perché sarebbe stata una buona idea stampare gli slogan al computer prima di attaccarli. Sul mio cartello era ben identificabile la mia grafia. Lo tenni con me durante la fuga.

Continuammo la nostra corsa oltre il municipio e il tribunale e poi attraverso la sudicia zona intorno a Pioneer Square. Alla fine mollai il cartello accanto a due tende su un piccolo spiazzo erboso, sperando di non creare problemi a chi le occupava. Doug e io proseguimmo fino all'International District.

"Fiuu." Quando raggiungemmo Jackson Street, mi fermai, chino con una mano su un fianco.

Mi tornò in mente la scena di *Jurassic Park* in cui il cacciatore scappa sulla sua Jeep dal T-Rex, il bagliore di eccitazione nei suoi occhi.

"Scusami," disse Doug dandomi una pacca sulla spalla. "Dimenticavo la nostra differenza d'età."

Dalla mia posizione piegata gli rivolsi un'occhiata.

"A letto sei molto più giovane."

"Ah ah." Ansimai ancora. "A luci spente? E girato dall'altra parte?" Gli mostrai la lingua.

"Sai che alcuni dei peli che hai intorno al buco del culo sono grigi?"

Risi. "Devo comprarmi un periscopio." Non capivo se stessi fingendo o se mi stessi divertendo davvero. Mi sentivo disconnesso da me stesso da quando Maggie… Ma decisi di seguire l'onda. Forse mi stavo ingannando, ma volevo essere ingannato.

"Ho della tintura vegetale," disse Doug. "Potremmo sperimentare con dei colori diversi."

"Perché no?" Risi di nuovo. "Siamo attivisti, pazzi scatenati."

Rimpiansi di non avere più i miei gambali di pelle.

***

Uscito dalla doccia mi fermai di fronte al ventilatore del salotto per asciugarmi. Non era un bello spettacolo, visto che il mio pube aveva bisogno di molte cure sia a prua che a poppa, ma Toby poteva sempre andarsene nel suo studio se non voleva vedere. Invece andò all'ingresso a controllare la posta. Mi porse uno spesso mazzo di lettere di raccolta fondi inviate da tre organizzazioni ambientaliste; uno spreco di denaro oltre che di carta, visto che reagivo molto meglio alle richieste via mail. Le lettere fisiche mi provocavano solo rabbia. Le presi, ancora fermo di fronte al ventilatore.

"Grazie."

"Hai le mani fredde," disse.

"Sai come si suol dire." Feci spallucce. "Mani fredde, cuore tiepido."

Mentre si allontanava mi sembrò di sentirlo mormorare, "Non è il tuo cuore a essere tiepido," ma dato che non avevo idea di cosa potesse significare immaginai di aver sentito male. Il tono però non era allegro, quindi pensai fosse meglio non chiedere chiarimenti.

***

Scoprii che Doug aveva vari altri amici attivisti, la maggior parte etero o dall'orientamento poco chiaro. Uno sembrava trans, ma nessuno diceva niente, e non c'era un vero motivo di fare domande. Doug disse che il gruppo si ritrovava un paio di volte al mese per la serata cinema. Non c'erano tanti film a tema clima, o almeno non di finzione, ma insieme avevano visto *Don't Look Up*, *The Trick* e *Re della terra selvaggia*. Un film di cui parlavano aveva lo stesso titolo di una serie true crime, *Come far saltare un oleodotto*. Ero contento di non averlo visto.

Perlopiù guardavano documentari. Di quelli ce n'erano in abbondanza. Ma nemmeno il più cupo documentario lo era quanto la prospettiva di un atto terroristico. Gettare un secchio di benzina sul marciapiede era un conto, ma non ero abbastanza audace per fare più di così.

Fino a quel momento, il mio atto più radicale come vigilante era consistito nel prendere un paio di cesoie da giardino e girare di sera per il vicinato tagliando i rami che bloccavano il passaggio sul marciapiede, cosicché chi portava fuori il cane o la gente in carrozzella o il postino potessero camminare senza venire schiaffeggiati.

Nessuno avrebbe mai realizzato un documentario sul Potatore della notte.

Quel venerdì Toby uscì a cena con un amico e io andai da Doug per vedere *Antropocene* con i suoi amici.

"Jonah!" esclamai. Lo steward mi diede un bacio e mi abbracciò forte. Lo avevo invitato ma non ero sicuro che sarebbe venuto. E all'improvviso sentii di nuovo la stessa energia provata alla manifestazione degli assistenti di volo e a quella davanti alla banca. "Ti va bene restare alzato fino a tardi quando gli altri se ne sono andati? Doug, ci stai a fare una cosa a tre dopo il film?"

"Siamo scopattivisti," spiegò Doug a Jonah, a cui apparentemente non servirono ulteriori spiegazioni.

"Ci sto," rispose lui. Poi, agitando le sopracciglia, aggiunse: "Prevedo che nel futuro di un certo nostro amico ci sarà una doppia penetrazione." Guardò dritto me. Era ciò che mi aveva proposto all'orecchio alla fine del nostro primo incontro.

***

Dovetti ammettere che la doppia penetrazione era molto più godibile nei porno che nella realtà. Doug e Jonah dedicarono del tempo ad allargarmi, naturalmente, solo che la logistica era terribilmente goffa. Comunque, avevo sempre voluto provarla e ora l'avevo fatto. Da quel momento mi potevo concentrare su altre fantasie da realizzare.

Avevo sempre voluto provare il trenino. Tre, quattro o cinque uomini che scopano in fila.

Avrei potuto fare una volta la locomotiva, l'altra il vagone merci, l'altra ancora quello in fondo…

Ricordai quando mio padre aveva dichiarato che i gay erano tutti dei pervertiti disgustosi. "Magari fosse vero," avrei voluto dirgli. "Magari fosse vero."

"Gente, non avete davvero versato dell'olio davanti alla banca, vero?" chiese Jonah. E quindi *c'era stata* una troupe TV a filmare l'incidente.

"*Noi* no," rispose Doug, "ma sono contento che qualcuno l'abbia fatto."

"Non saprei. È come bloccare il traffico."

"Abbiamo fatto anche quello."

"Lo han fatto alcuni degli altri manifestanti," mi corresse Doug.

Jonah scosse la testa. "Penso che si rischi di danneggiare la causa. La gente non è solidale con azioni del genere."

Doug gli leccò dallo stomaco le ultime gocce del mio sperma. "Come potrebbe danneggiare la causa più di così?" domandò. "Ogni anno sale più carbonio nell'atmosfera."

"In ogni caso non penso sia utile che la gente si incolli alle cornici dei quadri nei musei o li imbratti con la zuppa di pomodoro."

"Il dipinto imbrattato con la zuppa era protetto dal vetro," gli ricordò Doug.

Non mi serviva leggere nella mente per cogliere un attrito crescente tra i due. Peccato, visto che giusto qualche attimo prima erano stati così intimi. Non stavano davvero battibeccando, parlavano in tono calmo. Ma che sentissero o no la tensione, io la percepivo.

"Sono cose che infastidiscono le persone," insistette Jonah. "Ho visto gente, nel Regno Unito, incollarsi alla strada."

Doug ridacchiò.

"Persino alla pista dell'aeroporto." Jonah scosse la testa. "Quando fai ritardare un volo ci sono effetti su un altro, che a sua volta ne ha su un altro. Uno scherzo del genere può costare milioni."

"È esattamente quello il punto, no?" chiese lui.

"Gli assistenti di volo non vengono pagati finché non si chiudono i portelloni, a imbarco ultimato."

"Okay, perderai un centinaio di dollari, magari duecento. E la gente che perde tutto ciò che possiede in un'alluvione, allora?"

"Due torti non fanno una ragione."

"Ma neanche permettere che i torti continuino, senza opporsi, rende più giuste le cose. Essere passivi non produce effetti."

"A me piace essere passivo!" dissi dandomi una sculacciata, nel tentativo di alleggerire l'atmosfera.

Jonah mi baciò la mano, poi scese dal letto e cominciò a vestirsi. "Penso solo ci siano modi migliori per convincere la gente a occuparsi del cambiamento climatico."

"E allora mettili in atto, santo cielo." Continuava a non esserci sarcasmo nel tono di Doug, ma furono le parole a crearmi disagio. Mi venne voglia di uscire dalla stanza. "Se riesci a salvare il mondo senza offendere o scomodare nessuno, fai pure. Ma di una cosa sono sicuro: non starò ad aspettare che tu o qualcun altro troviate la soluzione perfetta."

Jonah fece un sorriso fiacco e uscì. Mentre tornavo a casa sentii un *ping* e lessi il suo messaggio: "La prossima volta guardiamo un film di aerei a casa mia."

Esattamente ciò che avevo intenzione di chiedergli.

Obbedire o non obbedire

Mi trascinai in salita per l'ultimo isolato prima di casa. Quella che era cominciata come una serata del tutto piacevole si era trasformata in un disastro nel giro di minuti. Non ero sicuro che Jonah avrebbe più voluto vedermi. Stavamo guardando un porno con protagonista un assistente di volo quando avevo ricevuto un SMS da Doug e avevo commesso lo sbaglio di dare un'occhiata.

In passato non avevo mai dovuto ignorare messaggi mentre ero in compagnia, dato che ne ricevevo di rado.

"Cazzo!" avevo esclamato mio malgrado.

"Cosa?" Jonah continuava a carezzarsi piano.

"Doug vuole andare a tagliare le gomme ai macchinoni succhia-benzina."

Lui si era fermato. "Non ti vedi ancora con quel cretino, vero?"

"Non mi *vedo* con lui, scopiamo e basta."

Le luci a casa mia erano spente. Ero tornato decisamente troppo tardi. Non era giusto nei confronti di Toby. Quando, agli inizi della nostra storia, avevamo optato per una relazione aperta non avevamo stabilito molte regole, ma una era di non passare mai la notte con un altro. Doveva essere andato a letto pensando che avessi fatto proprio questo.

Jonah e io ci eravamo lanciati in una discussione lunga e fin troppo seria su cosa fosse o non fosse accettabile in termini di proteste e attivismo.

Mi ero dimenticato di quanto potesse essere soddisfacente una conversazione profonda, seppure snervante.

Avrei potuto scrivere a Toby che facevo tardi; avrei dovuto, ma non l'avevo fatto. Probabilmente il mio era un atteggiamento passivo-aggressivo, cosa per me insolita. Ma mi riusciva difficile togliermi dalla testa quel commento sul mio cazzo moscio.

Mi chiesi quante decisioni di importanza vitale fossero state prese da uomini – presidenti, primi ministri e re, da CEO, arcivescovi o generali – solo per dimostrare qualcosa a se stessi o ad altri.

Mi sembrava di immaginare il megadirettore di una compagnia petrolifera, incazzato con la ex moglie dopo un brutto divorzio, pensare: "Gliela faccio vedere io, a *quella*. Pensa che avrà una bella vita senza di *me*? E io distruggo il mondo!" e poi incrementare la produzione.

Certo, la molla per simili stronzi è il denaro, non la vendetta, ma ci sono tanti che massacrano le ex e i figli piuttosto che accettare la separazione. Gli esseri umani non prendono decisioni razionali, e ci sono prove in abbondanza.

Ricordai la volta che avevo partecipato al concorso Seattle Leathermen, anni prima, solo perché gli organizzatori avevano dichiarato che non si era ancora iscritto nessuno.

Mi chiesi se il comportamento autolesionista avesse una componente genetica. Perché tanti membri della nostra specie continuavano a cascarci?

Non era razionale nemmeno menzionare il denaro come scusa per continuare ad aumentare le emissioni di carbonio. Non esisteva *nessun* motivo logico per comportarsi così. Magari ci sarebbe voluto del tempo per rallentare la produzione, ma di certo potevamo concordare sulla necessità di non *aggiungere* a quelli esistenti altri progetti basati sui combustibili fossili.

Invece no.

Ero stanco.

Una volta entrato mi venne di colpo in mente che forse, dopo aver perso tanto peso, la mia apnea notturna si era attenuata. Ero sceso a 83 chili. Magari potevo riprovare a dormire insieme a Toby. Sarebbe stato bello, anche senza fare sesso.

Mi fermai davanti alla porta della sua camera. Dovevo entrare a dargli il bacio della buonanotte, in modo che più avanti non si svegliasse chiedendosi se fossi ancora fuori?

Girai piano la maniglia e aprii. Toby dormiva profondamente.

Anche l'uomo al suo fianco.

Chiusi la porta senza far rumore e andai a dormire come al solito sul divano.

***

Mentre andavo alla fermata dell'autobus vidi Kaymeena che trascinava il bidone del riciclo verso il marciapiede davanti a casa. "Un'altra giornata meravigliosamente calda," dissi in tono allegro.

"Mentire è peccato," rispose lei ridendo.

"Non pensi sia calda?"

"Certo, ma tu non la trovi meravigliosa."

Feci spallucce. "Ho scoperto che se metto meno deodorante, la gente al lavoro mantiene le distanze."

Lei rise di nuovo. "Se ti invito a sentire il nostro coro giovanile, domenica, mi prometti di mettertene di più?" Inclinò la testa con aria speranzosa, facendo penzolare le trecce da una parte. Una era tinta di blu cobalto.

Mi venivano in mente poche cose che avrei avuto fatto meno volentieri che andare in chiesa, in qualsiasi chiesa, nel mio giorno libero. O qualsiasi altro giorno.

"Uhm, certo."

Alzò le spalle. "Dirigo il coro dei ragazzi," spiegò. "Dovevo fare qualcosa per integrarmi in fretta, e il volontariato funziona sempre."

Integrarmi in fretta? Erano anni che vedevo Kaymeena e Christopher con l'abito della messa. "Avete un nuovo parroco?" chiesi.

"Abbiamo una nuova chiesa," rispose. "Sai, Christopher era diacono e la comunità ci piaceva molto. Ma il nostro parroco aveva deciso che tutti i membri del ministero laico dovevano firmare un patto anti-LGBTQ, e Christopher si è rifiutato."

Cristo santissimo.

"Quindi ci siamo dovuti trovare un altro luogo di culto."

Annuii, cercando di mostrarmi indifferente a quella rivelazione. "Cosa canteranno i ragazzi?"

Carica di entusiasmo, Kaymeena elencò diversi inni che non avevo mai sentito nominare.

"Non sono sicuro che Toby sia libero," risposi, "ma io vengo. Scrivimi orario e indirizzo."

Lei mi salutò contenta e io continuai verso la fermata del bus. Quel giorno al minimarket avremmo riassortito gli pseudo-integratori per la perdita di peso.

***

"Un'altra serata film?" domandò Toby. "Non sei stanco di tutto questo catastrofismo?"

Alzai le spalle. "In ogni caso il catastrofismo è già realtà." Quella mattina il mio amico Roger mi aveva mandato una vignetta che mostrava un'immagine da cartolina di un resort in Grecia. In fiamme. La didascalia diceva: *Una vacanza hot. Vorrei non essere qua.*

"In alternativa potremmo guardare una commedia noi due. Non hai bisogno di qualcosa di divertente per non impazzire?"

"Tu e io guardiamo roba divertente tre sere a settimana," ribattei. In quel periodo guardavamo le repliche di *The Vicar of Dibley*. Dawn French era sempre deliziosa. Il sabato prima avevamo visto anche *Notte folle a Manhattan*, un'altra storia godibile, anche se ci aveva messo a disagio, dato che parla di due coniugi che cercano di dare una scossa al loro rapporto. In effetti era importante portare un po' di luce nelle nostre vite.

Tutta la luce che non vediamo.

Ecco una serie che Toby non avrebbe voluto guardare.

Passavamo ancora abbastanza tempo insieme. Ma non molto a parlare.

"Mi va bene se hai degli amici," disse Toby, "ma a volte mi sembra che tu ti stia allontanando. Mi ami ancora, vero?"

Un attimo di silenzio. "Toby, ho visto bruciare viva una mia cara amica. Non posso dimenticare, come niente fosse. Devo *fare* qualcosa."

"Per esempio guardare film?"

"Noi... facciamo piani."

"Craig, Craig, Craig." Mi parve di sentire Cary Grant. E Ryan O'Neal. Toby chiuse gli occhi e scosse la testa. "Impegnati in un campo in cui puoi realizzare qualcosa. Per il clima non puoi fare nulla."

Con quell'atteggiamento no di certo, pensai. "Non posso provarci per un po'?"

Lui sospirò. "Ti ho sentito, al telefono con i tuoi amici. Volete fermare le trivellazioni sul suolo statunitense."

"*Nuove* trivellazioni."

Ricordai Sarah Palin che esclamava "Trivella, baby, trivella!" in un dibattito per la vicepresidenza. Avevo ancora negli occhi l'espressione di Marjorie Taylor Green quando, durante l'insurrezione del 6 gennaio, aveva allegramente rifiutato una mascherina anti-COVID mentre cercava riparo con i colleghi più vulnerabili. Milioni e milioni di persone traevano piacere dalla crudeltà, facevano le cose più meschine per pura ripicca, per il desiderio di rendere infelici i loro "nemici", cittadini americani come loro.

Alcuni membri della mia famiglia avevano pregato per l'arrivo degli Ultimi giorni, perché Dio bruciasse la terra. Non credevano nel riscaldamento globale ma *allo stesso tempo* lo consideravano la promessa divina di ripulire il pianeta da gente come me.

Toby scosse di nuovo la testa. "È meglio estrarre il nostro petrolio che pagare altri Paesi per averlo. Lo ammetterai persino tu."

Aspettai un momento prima di rispondere. I democratici magari non dicevano le stesse assurdità dei repubblicani, ma anche loro mentivano per proteggere il proprio denaro e potere. Toby era davvero convinto di ciò che diceva o ripeteva a pappagallo quanto sentito da qualche opinionista "di sinistra"? Non potevamo essere tutti esperti di tutto. A volte dovevamo fidarci della parola di qualcun altro.

Solo che io in fatto di politiche climatiche non mi fidavo più della logica comunemente accettata come attendibile.

"Suppongo di sì," dissi con lentezza. "In effetti il suicidio è meglio che essere uccisi." Feci un'altra pausa. "Ma non abbiamo proprio altre opzioni? Non possiamo cercare di vivere, invece?"

Toby strinse le labbra e fece una pausa molto più lunga della mia. "Ho notato che non hai risposto alla mia domanda."

Sapevo esattamente a quale si riferiva.

"Se ti va di venire sei il benvenuto."

"No, grazie. Ho dei programmi."

***

Solo cinque di noi si presentarono a vedere *This Changes Everything*. Non era proprio un film da coccole, ma Doug e io ce le facemmo lo stesso durante la visione. Sarosh, un altro attivista, ci rivolgeva ogni tanto un'occhiata, non particolarmente turbata. Era basso, con la pelle scura quasi quanto gli occhi. Aveva un principio di pancetta, ma così adorabile che mi veniva voglia di abbracciarlo da dietro e strizzarlo.

Gli altri due attivisti presenti quella sera, Miguel e Shawna, entrambi etero, parvero non notarci affatto. Quando ti trovi di fronte la fine della civiltà, pensai, hai questioni più pressanti che preoccuparti di cosa facciano o no due uomini a letto.

"Il problema," commentò Shawna finito il documentario, "è che snocciolare fatti sul cambiamento climatico non cambia le cose. Anzi, non cambia quasi niente."

"Ci vogliono altro che fatti," disse Doug. "Ci vogliono atti."

"Questo sì che è un ottimo slogan." Sarosh digitò qualcosa sul telefono.

Chiacchierammo ancora un po' di cose varie, problemi di lavoro, pasti in programma per la settimana. Inaspettatamente trovai eccitante la casualità di quella conversazione, e mi sentii di nuovo quasi umano.

Ricordai Bob Crane che in una scena di *Auto Focus* proclamava: "Sono normale!"

Magari è vero che la vita va avanti.

Io volevo che andasse avanti.

Dopo un breve confronto tra le tonalità di carnagione dei presenti, Miguel fece un commento sui capelli viola di Shawna.

"Lavanda," lo corresse lei.

Johnny Townsend

"Bellissimi." Le mostrai il pollice su.

"Dovete scusare Miguel," disse Doug. "Gli uomini etero non notano i colori come i gay."

"Davvero?" chiese Sarosh.

"Che colore è questo?" Doug indicò la propria maglietta.

"Verde?" azzardò Miguel. "Verd... ognolo?"

"Come il gas naturale 'pulito'?" Doug fece un sorrisetto.

"È salvia," risposi io.

Lui si rivolse a Shawna: "Gli etero conoscono solo i colori primari."

Pensai a tutte le persone recentemente accusate di simpatie rosse.

Shawna ridacchiò. "Questo cos'è?" Indicò la sua gonna.

"Malva?" tentò Sarosh.

"Devi essere almeno bisex," decretò Doug.

Lui arrossì ma non negò. Magari un giorno avrei davvero provato a dargli una strizzata da dietro.

Non c'era niente di particolarmente brillante in quello scambio di battute. Era semplicemente un altro momento tipo "Coca messicana".

Miguel fece spallucce e riportò l'attenzione sulle faccende importanti. "Comprerò dei pennarelli color acquamarina e

70

salmone," promise. "Dobbiamo organizzare un'altra protesta."

Discutemmo per qualche minuto di possibili date e orari, e degli altri gruppi con cui coordinarci, poi Shawna e Miguel presero la strada dei rispettivi appartamenti. Doug sussurrò qualcosa a Sarosh, che arrossì ancora e a sua volta se ne andò.

"Non vuoi veramente organizzare un'altra protesta, vero?" chiesi. "Te lo leggo negli occhi."

"Ti ho comprato una cosa." Mi fece cenno di seguirlo in camera da letto. Sembrava stanco della conversazione. Non aveva più importanza, pensai, se stavamo per fare sesso. Magari mi aveva comprato un nuovo sex toy?

La vita sembrava di nuovo quasi a portata di mano.

Doug aprì un cassetto, tirò fuori una felpa con cappuccio nera e un paio di jeans dello stesso colore e li stese sul letto. Sembravano entrambi usati. Posò anche un paio di sneaker nere a terra.

Di certo non avremmo fatto sesso con quelli addosso. Okay i giochi di ruolo, ma quell'outfit che cosa doveva significare?

"Ehm…"

"Ci servono vestiti con cui non ci abbia mai visto nessuno," mi spiegò. "Così, se compariamo nei filmati di sorveglianza nessuno potrà osservare un'immagine sfocata e dire: 'Ehi, questi li conosco!'"

"Filmati di sorveglianza!" Maledizione. Sentii il cuore perdere letteralmente un colpo. Ero troppo vecchio per quel genere di cose. Poteva venirmi un infarto.

Come eravamo passati dall'argomento "capelli" a questo?

"Agiremo stanotte." Doug cominciò a togliermi di dosso la maglietta rossa. "Si tratta di un gesto piccolo ma comunque importante."

"Cosa faremo?" Sentii tremare la mano sinistra e mi tornò in mente quanto tremavo la prima volta che avevo fatto sesso con un uomo.

Doug alzò appena le spalle. "Giusto una piccola scritta con lo spray. Non danneggeremo niente sul serio."

Volevo dirgli di no. Sapevo di dovergli dire di no. Se fossi stato arrestato, anche per un reato da poco, probabilmente mi avrebbero licenziato. I datori di lavoro non smaniano per assumere gente della mia età. E nel caso Toby e io ci fossimo lasciati, dovevo essere in grado di pagarmi le bollette da solo.

"Tagliare gomme richiede troppo tempo," andò avanti Doug. "E poi una scritta su un'auto è una dichiarazione più efficace. Gli pneumatici tagliati potrebbero sembrare opera di vandali invece che di attivisti."

Ossignore.

"Non dirlo a Jonah. So che lo frequenti ancora."

"Non lo *frequento*. Scopiamo e basta."

Doug mi porse un paio di guanti di nitrile nero. "Ti garantisco," disse, "che agire crea dipendenza."

Esistevano programmi di riabilitazione per attivisti?

Dopo aver lasciato i telefoni sul tavolino salimmo in auto e lasciammo il suo quartiere, Beacon Hill, per andare in direzione nord. "Ho iniziato a comprare vernice spray e abiti scuri mesi fa," disse. "Così è più difficile che qualcuno sappia dove o quando sono state acquistate le bombolette, nel caso la polizia si metta a cercarci."

"Che Dio mi aiuti."

"I vestiti li prendo perlopiù nei negozi dell'usato, non hanno molte telecamere."

Passammo sotto un semaforo. Un cartello sul palo avvertiva che era monitorato da telecamere e che chiunque non seguisse le regole della strada sarebbe stato multato. "Ma ci sono telecamere ovunque di questi tempi," obiettai. "Come riusciremo a farla franca?"

"Santo cielo, Craig. Non guardi le news? La gente la fa franca in continuazione."

Immaginai che fosse vero, ma mi chiesi con quanto zelo i detective dessero la caccia a chi uccideva i membri delle gang o agli spacciatori di droga. Sospettavo che se fosse stata una persona benestante a chiedere di scovare chi le aveva imbrattato l'auto avrebbero in qualche modo dedicato maggiori risorse all'indagine.

Naturalmente non conoscevo di persona alcun poliziotto o detective. Tutto quello che sapevo proveniva dai notiziari e da qualche serie TV. Sapevo però che a volte ero in salotto, menzionavo di sfuggita un film che io e Toby non vedevamo da decenni e qualche minuto dopo mi compariva sul computer la pubblicità del DVD del film. Nemmeno la versione Blu-ray, proprio il DVD.

Non avevamo attivato il controllo vocale sul telecomando, e di norma non ero paranoico, ma ero piuttosto sicuro che gli apparecchi ci spiassero. Non sapevo se ci fosse un umano ad analizzare quei dati, ma di certo l'intelligenza artificiale e gli algoritmi lo facevano.

Parcheggiammo sotto un albero, in modo che l'auto di Doug rimanesse al riparo dalla luce dei lampioni.

"Che genere di scritta facciamo?" chiesi. "Mi pare di avere letto qualcosa su Extinction Rebellion." Usavano un simbolo particolare nelle loro operazioni.

"Non mi va di copiare la loro grafica," rispose Doug. "Anche se sono sicuro che non gli darebbe fastidio. Qualsiasi cosa scriviamo, dobbiamo fare in fretta. E queste bombolette non contengono molta vernice. Però non può essere solo una X, deve comunicare un messaggio."

"Quindi…?"

"Stasera scriviamo giusto la parola *petrolio* con una croce sopra."

"Sono tante lettere, richiede un bel po' di vernice. E di tempo." Ci avrebbero beccati di sicuro.

Mi chiesi se Toby si sarebbe disturbato a pagarmi la cauzione. E comunque, si finisce in carcere per una scritta con lo spray? Magari ti mettono dentro solo se sei in attesa di processo per furto.

Dovevo proprio guardare più serie poliziesche.

Ci incamminammo lungo la via, con le bombolette spray dentro la felpa, che teneva caldo anche dopo il tramonto. In passato, nelle sere estive indossavo sempre una giacca leggera. Non mi succedeva da tre o quattro anni.

Era tardi, non c'era molta gente in giro, ma nel momento in cui passava una macchina o qualcuno con il cane noi continuavamo a camminare come diretti in un posto preciso. Se non c'era nessuno intorno, Doug indicava le macchine sotto le chiome degli alberi, non illuminate.

Anche se fosse comparso qualcuno all'improvviso non ci avrebbe notato, a meno di non essere a pochi metri di distanza.

Io e Doug imbrattammo dieci macchine prima che le bombolette cominciassero a esaurirsi. "Andiamo," disse. "Per una serata possono bastare. Meglio non sfidare la fortuna."

Non ero mai stato un ribelle. All'ultimo anno di liceo avevo ottenuto il titolo di "Futuro campione di buone maniere".

Persino quando mi ero fatto fare il piercing al capezzolo, venticinque anni prima, e la polizia mi aveva fermato perché non avevo la cintura allacciata, mi ero scusato ampiamente, sperando di evitare la mia prima multa. "Mi dispiace, agente, ma la cinghia fa sanguinare il piercing appena fatto." Avevo sollevato la maglietta per mostrarglielo.

Ero stato multato comunque. Poi però, partecipando a Seattle Leatherman, l'avevo raccontato per dimostrare quanto fossi macho.

Avevo perso lo stesso, anche in assenza di rivali.

Ovviamente era accaduto tanto tempo prima. Provai un brivido quando tornammo alla macchina di Doug. Dopo che mi fui allacciato la cintura lui scese di nuovo. "Ho dimenticato una cosa," spiegò. Andò ad aprire il portabagagli, poi lo sentii allontanarsi.

Non voleva spruzzare altra vernice, vero? Mi sentivo così frustrato. Senza un veicolo mio ero in trappola, bloccato dalla mancanza di fondi.

La portiera del guidatore si aprì di colpo, Doug balzò sul sedile e inserì con forza la chiave nell'avviamento.

"Che succede? Ti ha visto qualcuno?"

Doug non rispose ma si allontanò in tutta fretta. Avevamo fatto cinque metri scarsi quando dietro di noi si vide un lampo e si udì una piccola esplosione.

"Che cavolo!" Non potevo girarmi senza sentire male al collo. I miei vecchi tendini. "Che cosa hai fatto?!"

"Ho infilato una Molotov nel tubo di scappamento di un succhia-benzina particolarmente schifoso."

Svoltammo l'angolo e proseguimmo a velocità normale per non attirare l'attenzione.

"Se ispiriamo altra gente a marchiare e bruciare auto," aggiunse Doug, "potremo far diventare troppo rischioso stipulare polizze, come succede già negli Stati in cui le compagnie si rifiutano di assicurare le case per via di alluvioni e incendi."

"Oh, mio Dio."

Avevo acconsentito all'imbrattamento, ma adesso ero complice della distruzione di beni pure *costosi*. Era un reato, senza alcun dubbio.

"Non dirlo a Toby," mi consigliò Doug. "O a Jonah."

Non potevo dirlo ad alta voce nemmeno a me stesso in presenza di un telefono, una TV o un computer che potessero sentirmi. Non potevo nemmeno cercare articoli sull'accaduto. Niente di niente.

Le cose erano degenerate in fretta, e me ne resi conto troppo tardi.

Proprio com'era accaduto per il cambiamento climatico.

Fumo

Decine di migliaia di uccelli in Missouri e Arkansas morirono per il caldo; cortili, campi e parcheggi si riempirono delle loro carcasse marcescenti.

Due bambini in Texas, uno in Alabama e un altro in Illinois morirono, lasciati in auto dai genitori sotto il sole rovente.

Un uomo venne ucciso da un colpo d'arma da fuoco dopo aver spaccato il finestrino di una macchina per salvare un cane svenuto per il caldo.

I climatologi rivelarono che in Marocco, nell'arco degli ultimi vent'anni, erano scomparse due terzi delle oasi.

I politici di destra misero al bando l'aborto in uno Stato dopo l'altro. Alcuni opinionisti conservatori invocarono la lapidazione degli adulteri e l'esecuzione pubblica delle persone LGBTQ e dei loro sostenitori.

Nel Regno Unito, gli automobilisti insultarono i manifestanti di Just Stop Oil che, bloccando la strada, osavano impedire loro di andare in ufficio.

Due manifestanti per il clima furono uccisi con un colpo di pistola mentre occupavano una strada di Panama.

In Florida, i docenti ricevettero istruzioni di insegnare che gli schiavisti insegnavano competenze preziose agli africani rapiti dalla loro terra.

A Pittsburgh, settantacinque tra agenti di polizia e vicesceriffi, indagati per aver sparato migliaia di colpi a un uomo sotto sfratto e disarmato, vennero messi in congedo retribuito.

Gli impiegati dell'amministrazione di Seattle negoziavano da un anno e mezzo per ottenere un nuovo contratto, ma sindaco e giunta negarono un adeguamento al costo della vita maggiore dell'1%, nonostante l'inflazione al 16%.

Durante un concerto, un musicista di fama mondiale si interruppe nel mezzo di una canzone per informare il pubblico che le persone trans sono contro natura.

Problemi in paradiso... in purgatorio e all'inferno

"Cosa stai macchinando, Craig?" Toby mi guardava a occhi socchiusi, le labbra leggermente tirate.

"Che intendi?"

"Non ti ho mai visto tormentarti le unghie in questo modo." Mi indicò con un cenno della testa. "Ti sanguina un dito."

Mi guardai la mano e smisi. Avevo agganciato il bordo di un'unghia con l'altra, continuando a strapparla fino alla carne viva.

Che cosa potevo dire a Toby senza peggiorare tutto? Non ero in un Fight Club, ma raccontare a qualcun altro – che fossimo in buoni rapporti o no – ciò che avevo fatto gli avrebbe dato troppo potere su di me.

Feci spallucce. "È per una cosa che ha detto Doug."

"Doug." Toby fece un sospiro, non di stanchezza ma di fastidio. "Hai intenzione di lasciarmi per lui?"

"Nah."

"E allora che ti frega di cosa dice? Non ha importanza."

Per quanto la sua domanda diretta mi avesse messo a disagio, ero colpito dal fatto che affrontasse la tensione e non si limitasse a ignorarla. Quella mattina aveva messo su la serie *Bodies*, mentre io mi preparavo per il lavoro, e lo avevo visto mandare avanti veloce ogni scena in cui la conversazione si faceva troppo seria.

"Ti ricordi il tizio," dissi, "che anni fa ostacolò un'asta di diritti d'estrazione petrolifera? Credo sia successo in Nevada."

"No." Toby prese il telefono e controllò i messaggi, sebbene non ci fosse stato alcun *ping*.

"Ha fatto anni di prigione per disobbedienza civile."

Toby guardò di nuovo nella mia direzione. "Ti stai lasciando invischiare da Doug in qualcosa?" chiese. "Non mi faccio trascinare da te in cose strane. Non voglio veder comparire la polizia."

Mi ci volle un momento per riprendere fiato.

Perché quelle parole mi ferivano tanto? La posizione di Toby era del tutto ragionevole. Nemmeno *io* volevo guai. Da che mondo è mondo, non tutti sono in grado di impegnarsi ad alto livello nella disobbedienza civile, con tutte le conseguenze concrete che implica. Non vuole dire che siano cattive persone.

Non stavo forse pensando di porre fine all'amicizia con Doug proprio per questo motivo?

E se non esisteva un modo efficace di combattere il cambiamento climatico tramite la legalità? La gente con i soldi faceva le leggi e pagava altri perché le facessero rispettare. La "giustizia" ammetteva una sola prospettiva, quella dei ricchi.

"Ti stai di nuovo tormentando il dito."

Cazzo.

Feci un paio di respiri profondi e poi alzai le spalle fingendo indifferenza. "L'altro giorno Doug ha detto delle cattiverie, quindi ci sto ancora rimuginando. Niente di che."

"Mollalo." Toby rivolse di nuovo l'attenzione al telefono. "Non hai bisogno di stress del genere." Mi guardò. "Vuoi le arachidi bollite quando torni a casa?"

***

"Hai mai fatto sesso dentro a un simulatore di volo?" mi chiese Jonah. "Al museo dell'aviazione ne hanno uno."

"Ma non è sorvegliato?"

"E allora?"

"No, grazie."

La mattina dopo la faccenda della Molotov, tra le prime pubblicità comparse sul mio computer ci fu quella di un'assicurazione auto. Non particolarmente sospetta ma stranamente fuori target, dato che non guidavo da vent'anni. Giusto qualche minuto dopo, però, ne spuntò un'altra, stavolta di un noto marchio di vernici spray.

Anche le auto hanno orecchie, pensai. E quella su cui avevo viaggiato non era nemmeno la mia.

Odiavo ragionare in quel modo, ma dovendo compiere azioni rischiose, illegali, forse essere paranoici non guastava.

"Allora dovrai allacciarti al divanetto," mi istruì Jonah. Andò al guardaroba e tirò fuori una copertina con su il logo di una compagnia concorrente, poi abbassò le luci. "Saremo due passeggeri del volo notturno che fanno conoscenza mentre gli altri dormono."

Uno scenario ridicolo e stereotipato, ma il mio uccello ebbe un fremito.

Mi sentivo come Robert De Niro in *Risvegli*. Non che fossi uscito dopo anni dal coma, ma di certo il mio cazzo si era trovato in stato vegetativo. E tornare alla vita non era un processo privo di intoppi. *Aspettati problemi*, mi dissi a mo' di avvertimento.

C'è chi vede il bicchiere mezzo pieno, mentre io, riflettei, sono un tipo da "uccello mezzo pieno".

Comunque raggiunsi con entusiasmo Jonah sul divanetto.

Naturalmente, farci le seghe a vicenda vestiti si rivelò piuttosto disastroso. Parte dello sperma di Jonah gli finì sul petto e sulla coperta, mentre il mio atterrò fuori dai miei jeans, a livello dell'inguine.

"Hai qualcosa con cui posso pulirmi?" chiesi finito di baciarci.

Lui scosse la testa. "Dovresti passare al minimarket, mentre torni a casa," mi suggerì, "e fare caso a chi ti osserva. In questo modo saprai a chi fare avance."

Guarda un po', *quelle* parole fecero fremere di nuovo il mio cazzo esausto.

"Quando hai il prossimo volo?" chiesi.

"Domattina alle sette." Mi fece alzare e mi pulì i pantaloni con la coperta della compagnia aerea. "Direzione Oklahoma City, poi Dallas e ritorno. Non dovrebbe essere malaccio. A meno che non ci sia cattivo tempo." Mi lasciò l'uccello penzolante fuori dai pantaloni. Anche il suo penzolava.

È così che dovrebbero sempre svolgersi le conversazioni.

Quando però Jonah allargò dritte le braccia e cominciò a inclinarsi a destra e sinistra facendo il rumore di un motore, come un bambino, mi venne in mente la scena dello schianto aereo in *The Day After Tomorrow*. Quel film aveva lasciato il segno su di me, nonostante le imprecisioni scientifiche. "Incontrate spesso turbolenze?"

"I piloti sono bravi a evitarle, ma di recente i voli cancellati per via delle tempeste sono in aumento. A volte l'unico modo per evitare la turbolenza è non volare."

"E quando il volo è cancellato non venite pagati?"

"Esatto."

"Ma così hai *voglia* di volare anche con il brutto tempo?" Sulla punta del pene era spuntata un'ultima goccia di sperma, e gliela tolsi con il dito. Invece di leccarmelo, però, me lo passai sui baffi proprio sotto il naso e inspirai.

"Devo pur pagare le bollette, no?"

Come gli agricoltori che si accasciano sotto il sole a 35 gradi.

"I voli vengono cancellati anche per via del fumo," aggiunse Jonah. "E a volte per il calore. Quando fa davvero caldo, l'aria è troppo rarefatta e l'aereo non ha la portanza sufficiente per decollare."

Abbassai lo sguardo sul mio uccello, ma era asciutto. "Pensi mai di mettere dei volantini sui parabrezza nei parcheggi di altri aeroporti?"

"Per dire cosa? 'Smettete di volare e lasciatemi disoccupato'? A me *piace* il mio lavoro."

Mi chiesi se fosse il caso di comprare della vernice spray.

Ciò di cui avevo veramente voglia era una bomboletta di panna. Quella vera. Mi domandai su quante… e *in* quante parti del corpo la si può spruzzare e leccare via.

"Perché, *tu* metti volantini contro l'avidità delle catene nel parcheggio del tuo minimarket?" mi chiese Jonah.

Ridacchiai. Aveva ragione, ovvio. È sempre più facile dire agli *altri* cosa dovrebbero fare. "Scrivimi, quando torni a casa domani sera," risposi. "Faremo qualcosa di moralmente compromettente a letto per impedirci di pensare agli altri compromessi morali che compiamo."

Com'era possibile che, alla mia età, avessi ancora abbastanza testosterone in circolo per restare arrapato dopo l'orgasmo? Era una specie di miracolo. Non avevo bisogno di sparare alla luna.

Ricordai i tempi in cui riuscivo a sparare davvero e non sgocciolare solamente. Succedeva mentre facevo gli esercizi Kegel dei video su YouTube, ma...

"Prometti?" mi chiese Jonah dopo avermi baciato sulla guancia.

"Ho già tre idee e sto elaborando un modo per combinarle tutte."

"Se il volo di ritorno è in ritardo piscio addosso a qualcuno dalla rabbia."

"In ogni caso potrebbe esserci di mezzo del piscio." Jonah sollevò perplesso un sopracciglio, allora mi tirai su la zip con tutta la disinvoltura possibile. "Dico per dire."

Già davo per scontati i due nuovi uomini presenti nella mia vita, entrambi dieci volte più interessati al sesso di quanto lo fosse mai stato Toby.

O almeno di quanto fosse interessato a fare sesso con *me*.

Ero Jed Clampett di *The Beverly Hillbillies*, povero in canna un giorno e immerso nei lussi di Beverly Hills l'indomani.

Ma io volevo essere Elly May. O addirittura la nonna. Non tollerava mai le cazzate, lei.

"Tu porti guai, Craig," mi disse Jonah. "G-U-A-I con la G maiuscola."

Accidenti, il mio uccello ebbe l'ennesimo fremito.

Stagnola

Mi svegliai un po' dopo mezzanotte sentendo Toby uscire dal suo studio. Si fermò un attimo in bagno, spense la luce in cucina e poi si diresse verso la camera da letto passando per il salotto.

Presi a darmi dei colpetti in grembo a mo' di invito. Mi piaceva ancora massaggiargli la schiena, una volta a settimana circa. Dalla camera spandeva una debole luce, ma dopo lo studio e il bagno ben illuminati la vista di Toby non si era ancora abituata.

Quando sentì il rumore si irrigidì e si girò nella mia direzione, esitando un momento. Io continuai e lui, lentamente, si fece strada allungando la mano nel buio. Si voltò e indietreggiò verso di me, che andavo avanti con i miei tentativi di ecolocalizzazione, e si sedette; dopo aver mancato il centro mi si sistemò in grembo.

Il leggero sfregamento mi fece venire voglia di premergli contro. Sapere che non avrebbe voluto mi faceva male al cuore.

Cominciai a massaggiargli la schiena, e all'improvviso mi resi conto che nell'intero arco del nostro matrimonio lui non l'aveva fatto una sola volta a me. Ma a me piaceva farglielo. La reciprocità si manifesta in modi diversi. Dopo circa cinque minuti, Toby si alzò e proseguì verso la camera da letto. "Sogni d'oro, Craig," sussurrò.

***

Non sapevo perché mi prendessi tanto disturbo. La mia vita era già complicata così, ma avevo bisogno di allontanarmi da Doug, e l'unico modo per costringermi a farlo era contattare altri. Scrissi a tre uomini sui siti di incontri a cui ero iscritto. Due non risposero, neanche un *no grazie*. Uno acconsentì a fare una videochiamata. L'idea mi metteva a disagio, ma gli diedi l'e-mail creata apposta per l'account in modo che potesse mandarmi il link, e mi buttai.

Alex era un sessantenne attraente, alto circa quanto me, probabilmente con cinque chili in meno e capelli grigi piuttosto scuri che in qualche modo apparivano quasi luminosi.

Era stato con il marito per vent'anni, aveva divorziato un anno prima e ancora viveva con lui, poiché il mutuo era a nome di entrambi.

"Marcus si è risposato e viviamo tutti insieme," mi informò, "quindi non posso ospitare nessuno."

Abitava a Federal Way e non passava spesso da Seattle. "Però se vengo da quelle parti ti mando un messaggio."

E finita lì.

Andai a casa di Doug per praticargli il rimming mentre si masturbava. Poi mi sbatté una manata di sperma sull'ano e me lo spinse dentro con le dita.

A casa scrissi ad altri due uomini.

La speranza è una cosa crudele.

***

Quando tornai a casa dal lavoro c'erano 30 gradi. I clienti erano sempre più irritabili con il caldo.

Io ero irritabile praticamente tutto il tempo.

E Toby non annaffiava il giardino davanti a casa da secoli; restare in piedi a lungo gli peggiorava l'artrite. Aprii l'acqua e cominciai a irrorare con la canna un'ampia area intorno al tronco del nostro amelanchier, muovendomi ripetutamente avanti e indietro per far penetrare l'acqua nel terreno e raggiungere le radici.

Quell'albero ci serviva per schermare la casa dal sole del pomeriggio, altrimenti l'interno sarebbe stato rovente.

Sentii aprirsi una porta e vidi Kaymeena uscire sul porticato. Stirò le braccia con aria estatica.

"Scommetto che odi questo clima," disse ridendo.

"Odiare è un parolone," risposi. "Comunque sì, lo odio."

"Aspetta un secondo." Corse di nuovo in casa e tornò un momento dopo. "Ti ho comprato del frozen yogurt senza zucchero." Venne a portarmelo. "Non ero sicuro del gusto da prendere, ma mi sembri tipo da vaniglia."

***

La settimana precedente avevo lasciato un biglietto sulla scrivania di Toby perché lo trovasse dopo che ero uscito per andare al lavoro. L'immagine di una cascata in un bosco. Dentro avevo scritto: "Grazie di essere te". Qualsiasi altra cosa sarebbe suonata falsa. Eppure volevo salvare qualcosa della nostra relazione. Quando tornai a casa lui non lo menzionò nemmeno, e io non dissi niente.

Quel giorno, mentre finivo la pausa pranzo al lavoro, decisi di mandargli un breve messaggio. Niente di speciale. Magari un "Ti penso," che però avrebbe reso quasi inevitabile la domanda "perché Craig mi pensa? Starà pianificando il divorzio?"

Allora corsi il rischio e digitai: "Ti amo".

Poi ripresi a lavorare.

Qualche minuto dopo sentii un *ping* sul telefono: Toby doveva avermi risposto. Sorrisi. Stavolta almeno riconosceva i miei sforzi. Non ebbi il tempo di rispondere, tantomeno di guardare il telefono, essendo impegnato a servire i clienti mentre Kellyn mangiava.

A qualche minuto dal primo *ping* ne sentii un altro, e un minuto dopo un altro ancora.

Cosa stava succedendo? Toby ci era rimasto male? Non voleva più che gli dicessi che lo amavo? Diedi un'occhiata al telefono.

"Stai bene?"

"Tutto okay?"

"Rispondi!"

"Craig!"

Nei paraggi non c'erano clienti né il capo, allora selezionai il suo numero.

"Oh, mio Dio!" esclamò. "Mi hai spaventato."

"Eh?"

"È il genere di messaggio che uno manda quando sta per essere ucciso in una strage."

Al mio rientro mi aspettava la pasta di edamame al pomodoro. E un dolce bacio.

***

Spegnemmo i telefoni per metterli in una scatola che lasciammo in cucina. Doug non aveva né la TV né il computer in camera, e ci sedemmo sul letto. In salotto, la musica copriva qualsiasi brandello di conversazione si potesse ancora cogliere attraverso la porta chiusa.

Mi sembrava di essere un fanatico di QAnon.

Dovevamo cominciare a indossare cappellini di stagnola?

"È passata più di una settimana," esordì Doug. "Sono sicuro che la polizia stia ancora indagando, ma ai notiziari non si parla più del nostro gesto. Credo che per il momento siamo a posto."

"Comunque mi fa bene alla dieta." Cercai di ridacchiare ma mi uscì una specie di colpo di tosse. "Di solito mangio per lo stress o la noia, ma ultimamente sono troppo nervoso per farlo."

"Craig, stai benone. Non credere al fat shaming."

C'erano cose più importanti dell'avere un bell'aspetto, più importanti del sesso. Qualche giorno prima Toby mi aveva comprato un DVD di *The Last of Us*, pur odiando tutto lo spazio che occupavano i miei DVD, perché sapeva che per me era ancora importante possedere copie fisiche delle serie migliori.

Io gli avevo comprato del vero pane, un filoncino al rosmarino, in modo che al mattino potesse tostarsi qualche fetta. Assaggiandolo, Toby aveva sospirato più forte di quanto avesse mai fatto dopo un orgasmo. Negli ultimi due anni aveva evitato di introdurre pane in casa, per solidarietà, ma gli avevo detto che doveva fare ciò che gli andava bene.

"Ti ricordi l'escursionista rimasto con il braccio intrappolato sotto un masso?" Doug fletté il sinistro.

Ricordavo vagamente un film con James Franco, una versione romanzata di quella triste storia.

"È arrivato un momento in cui ha capito che il braccio, per un verso o per l'altro, era perduto." Se lo esaminò, e io non potei impedirmi di imitarlo. Notai di nuovo quanto fosse attraente la disposizione del pelo. "Il punto era se sarebbe riuscito a salvare il resto."

Il tizio aveva segato il braccio con un coltello, se ricordavo bene, e si era messo in salvo. Ragionai che la maggior parte della gente avrebbe scelto la morte, o consciamente o posticipando la decisione di amputare finché non fosse stato troppo tardi.

"Ho comprato sei bombolette di vernice in due negozi diversi," gli dissi con orgoglio. "Sono andato a Federal Way e poi fino a Edmonds." Quegli spostamenti mi avevano portato via molto tempo con i mezzi pubblici, e Toby si era convinto che andassi in giro a scopare.

In effetti era spesso così, ma non in quel frangente. Quindi non lo avevo corretto. Meglio che fargli sospettare attività illegali.

"Eccellente." Doug mi tirò a sé per un rapido bacio. "E io ho comprato dei droni."

Un'altra escalation.

"Che cosa ci farai?"

"Non siamo il Texas, la Louisiana o l'Oklahoma, ma abbiamo ancora qualche raffineria di petrolio e gas sul nostro territorio."

"E hai intenzione di rovesciarci sopra della vernice?" Non capivo davvero una mazza di strategie. "Magari potremmo lanciare dei volantini."

Doug guardò in direzione della porta e poi della finestra. Gli scuri erano chiusi, quindi nessuno poteva leggerci il labiale, ma sapevo che se ci fosse stato qualcuno in ascolto con delle apparecchiature speciali ci avrebbe sentito. Nei film c'erano sempre uomini su un furgone pieno di marchingegni davanti a casa del sospettato.

Non avevamo fatto niente che giustificasse un controllo, grazie al cielo, ma il comportamento di Doug mi impensieriva a prescindere.

"Non sono capace di fabbricare bombe," sussurrò, "ma so dove comprarne un po'."

Appoggiai la mano sul letto per sorreggermi; mi sentivo stordito, le orecchie ronzavano leggermente. In che cavolo mi ero cacciato?

Che cosa mi avrebbe fatto Doug se avessi detto che non volevo averci nulla a che fare? Sarei diventato un problema? L'uomo che "sapeva troppo"?

Que sera sera.

"Non possiamo... non possiamo cominciare, ehm... spedendo delle buste con dentro polvere bianca?" balbettai. "Spedire della farina, insieme a un messaggio in cui chiediamo di bloccare nuove estrazioni petrolifere?"

"Vuoi mandare una *lettera*?"

"Qual... qualcosa che tenga la gente sulle spine senza far *danno* a nessuno."

"È comunque un reato, Craig. Potremmo andare lo stesso in prigione."

"Ossignore."

"Allora perché non fare qualcosa di efficace fin da subito? Potremmo non avere molte opportunità."

Nemmeno agli ottantenni piace sentirsi diagnosticare un cancro in fase terminale, pensai. Tutti desideriamo qualche anno buono in più. *Così* era come iniettarmi un virus HIV resistente ai farmaci o inalare i batteri della tubercolosi.

Non ero pronto.

"Un atto simile potrebbe uccidere qualcuno," dissi. "Danneggiare l'ambiente."

"Quindi ci limitiamo a comprare un tubetto di colla?"

"Ecco..."

"La gente vede queste 'bravate' e ci liquida come cialtroni. Finisce per considerare estremo questo tipo di messinscena e *non* il fatto che diciannovemila persone vengono evacuate dall'isola di Rodi."

"Non possiamo cominciare con il gesto meno problematico?"

"Abbiamo cominciato decenni fa con il gesto meno problematico."

È questo il motivo per cui gli attentatori si suicidano? Perché è più facile che affrontare le conseguenze delle loro azioni?

Oh, mio Dio. Ero diventato un *terrorista*?

E io che volevo solo partecipare a una manifestazione!

"Ti ricordi di Paradise?" chiese Doug. "O di Lytton? È già orribile il fatto che ogni paio d'anni bruci un'intera cittadina, ma presto vedremo succedere cose simili due o tre o quattro volte all'anno." Mi prese le mani e diede una stretta. "La situazione è brutta," disse, "ma non resterà tale."

Sospirai.

"No, peggiorerà."

Tremavo come se ci fossero -5 gradi in camera sua. E invece. Come la maggior parte degli abitanti di Seattle, non possedeva un condizionatore, e la temperatura nell'appartamento era probabilmente vicina ai 25 gradi. "Perché mi stai dicendo tutte queste cose?" domandai. "Non posso aiutarti con i droni. Perché stai facendo di me un complice?"

Doug mi lasciò andare le mani e scese dal letto, lo sguardo fisso sulla porta chiusa della camera. "Hai ragione," rispose. "È egoista da parte mia." Si girò e fece un sorriso forzato. "È insito nella condizione umana, avevo bisogno di farlo sapere a qualcuno a cui tengo. Scusa."

Rimasi a letto con Doug per le due ore successive ma non facemmo sesso, sebbene mi fossi fatto la doccia e irrigato prima di andare da lui. Ci tenemmo tra le braccia senza dire una parola.

Sentivo ancora la musica dal salotto. Dolores O'Riordan cantava di sogni.

Fuoco

Spararono ad altre nove persone, di cui tre rimasero uccise, nei pressi della fermata dove ero solito aspettare l'autobus per tornare a casa dopo il turno al minimarket.

Una donna, in Virginia, fu cacciata dal bagno di un cinema insieme al figlio quindicenne autistico: il proprietario aveva accusato il ragazzo di essere trans e non disabile.

Quando un notiziario riferì di alcuni genitori, in Texas e in Florida, che avrebbero cambiato lavoro e Stato per proteggere i figli trans, gli opinionisti di destra ridacchiarono in diretta, euforici di fronte alla sofferenza da loro creata.

Le autorità sanitarie segnalarono un aumento dei casi di malaria e lebbra negli Stati Uniti.

A Memphis, un uomo armato fu ucciso mentre cercava di introdursi in una yeshiva per compiere una strage.

A una manifestazione repubblicana, un uomo urlò nel microfono porto da un giornalista: "Uccidiamo la sinistra! Uccidiamo i finti repubblicani! Uccidiamo i globalisti!"

Era in corso già da mesi uno sciopero degli sceneggiatori e adesso si unirono anche gli attori, chiedendo royalty per lo streaming e tutele dall'intelligenza artificiale.

Gli scienziati registrarono il luglio più infuocato di sempre, il clima più caldo sul pianeta da 125.000 anni.

Per chi suona la sirena

Mi chiesi che cosa avrebbe pensato Maggie del mio comportamento nelle ultime settimane. Sarebbe stata contenta? Inorridita? Delusa che non facessi di più? Sconvolta perché commettevo atti criminali in suo nome?

Aveva importanza?

Secondo me sì. Non mi stavo "impegnando" solo per onorare la sua memoria, però volevo che la sua vita – e la sua morte – contassero. Ci eravamo divertiti tanto a studiare insieme, a testare quali batteri ci avessero assegnato al laboratorio di Microbiologia, a catturare, fissare e identificare insetti per il corso di Entomologia. Lei capiva le mie battute sulle cellule squamose e io le sue sulla batracotossina.

Era l'unica amica che avessi avuto al college. Non avevamo nemmeno passato tanto tempo insieme. E dopo esserci trasferiti in città diverse ci sentivamo perlopiù via telefono o e-mail ogni due mesi. Semplicemente, per me era una di famiglia, sempre vicina anche se a distanza.

Quante altre famiglie venivano dilaniate dal cambiamento climatico?

Così non andava bene.

Era assurdo il solo fatto di dover fare un'affermazione del genere.

***

Ancor prima che Toby si svegliasse raggiunsi a piedi il Kubota Garden e mi sedetti a uno dei tavoli da picnic nella parte superiore del parco. Sentivo il traffico su Renton Avenue e vedevo piccoli aerei atterrare e decollare dal Boeing Field, ma mi sembrava lo stesso di stare in mezzo alle montagne, lontano dalla civiltà.

Regnava la pace, e ne avevo bisogno. Non mi disturbava neppure la gente che si lamentava dei bagni chiusi dell'area picnic.

Tirai fuori un pezzo di carta e scrissi un abbozzo di articolo dal titolo "Serve uno sciopero generale contro i combustibili fossili". Non era male, ma un quotidiano mainstream lo avrebbe pubblicato? E se anche una testata indipendente lo avesse postato online, la gente si sarebbe poi organizzata per *agire*?

Inoltre, stilare un articolo, persino se fossi stato in grado di scrivere il migliore al mondo, contava veramente come *azione*?

Capivo la necessità di Doug di non limitarsi alle parole. Quando tornai a casa, però, revisionai il pezzo un paio di volte e lo inoltrai.

Mi sentivo ancora irrequieto, allora presi il Sounder in direzione Olympia e comprai due pistole da paintball, insieme a una quantità di vernice sufficiente a vincere un torneo. Toby mi avrebbe ucciso se avesse saputo quanto denaro avevo prelevato per quell'acquisto. Avevamo sempre tenuto separate le finanze personali, ma mi sembrava comunque un tradimento spendere più di cinquanta o sessanta dollari senza parlarne prima con lui.

La vernice da paintball non macchiava in maniera indelebile i vestiti. Né le macchine o gli edifici, peraltro. Ma costringere la gente a riflettere sul proprio comportamento poteva avere comunque un'utilità.

Tuttavia, non era l'eccesso di ottimismo l'errore che aveva permesso alla situazione climatica di peggiorare a tal punto?

Volevo agire, fare *qualcosa* senza dirlo né a Doug né a Jonah, di certo non a Toby. Si sarebbe trattato del mio primo crimine, quindi magari me la sarei cavata con poco e avrei comunque potuto sfruttare l'esperienza come piattaforma per parlare al pubblico.

E magari finire qualche mese in carcere mi avrebbe tenuto lontano da Doug abbastanza a lungo da schiarirmi le idee ed evitare la galera *vera*.

Ma non potevo prendere di mira i succhia-benzina costosi, dovevo puntare sulle persone. Per così tanti anni gli attivisti avevano gettato vernice rossa sulla gente che indossava visoni e affini, che alla fine si era smesso di uccidere gli animali per la pelliccia. Certo, le indossavano ancora in molti. Come a me piaceva sempre indossare pelle. Ma quelle lunghissime campagne *avevano fatto* la differenza.

Doug diceva che era importante fare acquisti del genere mesi prima di usare il materiale, in modo da rendere più difficili risalirvi. Ma io dovevo agire *subito*.

Degli sticker magari? L'acquisto implicava una certa vulnerabilità, ma era impossibile realizzare qualcosa di significativo senza correre almeno *qualche* rischio. A casa mi misi al computer e cercai uno stampatore, usai i template forniti dal sito e ordinai duemila adesivi per paraurti.

↑*CO2* = *estinzione di massa*

Immaginavo fosse facilmente rintracciabile, anche se usavo una VPN. Certo, potevo sempre dire che qualcuno mi aveva rubato il pacco dal portico di casa e che io, quegli adesivi, non li avevo mai visti.

Oppure, se scoperto, potevo accettare il mio destino.

Quegli adesivi sarebbero stati benissimo sui paraurti delle macchine. Sulle portiere o sul cofano. Persino sulla porta di un ufficio. Sarebbero stati perfetti ovunque, in realtà.

Non avevo ancora fatto niente per conto mio, ma trovarmi a quel punto dell'operazione mi dava comunque una certa soddisfazione, e riuscii a rilassarmi per il resto della giornata. Chiamai il mio amico Roger, che mi informò di avere in programma di lasciare San Francisco. "Su Market Street non è rimasto un solo negozio aperto," disse. "La città sta morendo. Ci sono senzatetto a ogni isolato."

Roger e io ci eravamo conosciuti durante una rappresentazione per sordi di *Un tram chiamato desiderio*. Quando uscivo con uno dei miei primi ragazzi avevo imparato un po' il linguaggio dei segni, ma non lo parlavo abbastanza fluentemente, quindi nelle conversazioni con Roger ci affidavamo di solito al servizio di conversione vocale.

Non avrei saputo suggerirgli un posto dove andare. La situazione era brutta più o meno ovunque. Provavo disagio al pensiero che un operatore ci ascoltava, nemmeno stessi dicendo qualcosa di sovversivo.

"Il primo ministro di Andorra si è appena dichiarato gay," dissi, "ed è uno staterello delizioso."

"Se a uno non dà fastidio il freddo." Digitò *"LOL"*, e l'operatore lo lesse ad alta voce.

"Non scommetterei troppo sul fatto che resterà *così* freddo." Di recente avevo letto che nell'ultimo secolo le temperature medie annuali del Paese erano aumentate di più di tre gradi.

"Dovrei imparare due lingue," proseguì Roger. "Quella scritta e una dei segni per me del tutto nuova."

Non ci avevo pensato.

"Probabilmente mi trasferirò a Mendocino," disse Roger. "Devo pur guadagnarmi da vivere."

Per cena cucinai le patate gratinate, uno dei piatti preferiti di Toby, anche se io potevo mangiarne solo una porzioncina. Mi guardò con sospetto, e io mi chiesi se fossimo già al punto in cui non potevamo più compiere un semplice gesto l'uno per l'altro senza secondi fini.

Dopo cena spostai il tavolino, avvicinai il puff e feci sedere Toby di fronte a me; gli massaggiai la schiena mentre guardavamo un episodio di *This Is Pop*. A venti minuti dall'inizio rispose a un messaggio e io misi in pausa.

"Magari, un week-end, potremmo fare un'escursione sul monte Si," suggerii prima di riavviare.

"Magari, sì."

"C'è qualcos'altro che ti andrebbe di fare?" Continuai il massaggio.

"Mmm. Un posto più vicino a casa?"

"Potremmo prendere il traghetto per Vashon. È sempre piacevole."

Toby rimase zitto per un momento. "Certo," disse alla fine. "Facciamolo, un giorno." Mandò un altro SMS e ricominciammo a guardare il programma.

Dopo che fu andato nel suo studio io mi sedetti al computer a fissare lo schermo. Per qualche minuto diedi un'occhiata ad alcuni profili, feci una proposta a un tizio e ripresi a fissare lo schermo.

Avevo voglia di chiamare Doug. O Jonah. O entrambi.

Invece mi masturbai.

L'unica circostanza in cui non mi piacesse lo sperma: dopo essere venuto. Probabilmente era una reazione insita nel mio DNA. E, probabilmente, l'unica ragione per cui mi prendessi tanta briga a rimorchiare uomini.

Prevedevo un Nobel nel futuro di qualche genetista gay.

***

Avrebbe dovuto essere ovvio, riflettei. Divertimento e relax non si sposano bene con le discussioni serie. Pensai che forse potevo infilare alcune idee nella conversazione usando il gioco come lubrificante. All'inizio della nostra relazione, Toby e io giocavamo a Scarabeo quasi ogni settimana. Poi diventò una volta al mese, e poi qualche volta all'anno.

Non ci giocavamo ormai da più di due anni.

"Uno," annunciò Toby leggendo il valore della prima tessera pescata. Stavamo stabilendo chi dovesse cominciare.

"Anch'io ho un 1."

"Riprova," disse prendendone un'altra.

Pescai di nuovo dal sacchetto. "Una da 8."

Lui rise. "Chissà che parolona farai!"

In realtà no, fu di sole quattro lettere: S A Z I. Ma era comunque divertente usare la Z senza doversi preoccupare se la parola avrebbe trovato il suo posto sul tabellone evitando però di venire bloccata da un'altra.

Libertà!

Menzionai casualmente la notizia di una donna costretta a dare alla luce un feto privo di cervello. Toby non ebbe commenti da fare in merito. Giocammo qualche parola ancora, e io menzionai un'alluvione avvenuta in Francia.

Toby non commentò affatto.

"Dopo ti va di vedere un film su Kanopy?" chiesi.

"Per esempio?"

Di recente mi era tornato in mente *Furia bianca*, sebbene non fosse un classico, e glielo suggerii. "Parla di un esercito di formiche in Brasile che divora tutto quello che trova."

"Affascinante." Toby però non sembrava *affascinato*, e non sollevò lo sguardo dal tabellone, su cui compose A C E.

"Fanno saltare una diga per inondare la fattoria e annegare le formiche, ma alcune sopravvivono e i protagonisti devono bruciare i mobili per tenerle lontane." Aggiunsi T e O alla sua ultima parola.

"Non possiamo guardare una commedia?" Lui attaccò N ed E alla mia. Mi chiesi se intendesse il liquido usato per levare lo smalto dalle unghie oppure il fastidioso disturbo pediatrico.

"Certo," risposi. "Perché no?" Potevo comunque vedere l'altro film per conto mio. Toby e io eravamo sempre riusciti a coltivare interessi separati, motivo principale per cui il matrimonio era sopravvissuto così a lungo. Non potei evitare di chiedermi, però, se presto avremmo fatto *tutto* separatamente.

Eppure avevo voglia di guardare il film, di assistere a una coppia con un matrimonio in crisi che ce la metteva tutta per salvarsi, o almeno per salvare la casa. Anche se avessero perduto tutto il resto, se non altro avrebbero avuto qualcosa da cui ripartire. E la battaglia li avrebbe finalmente aiutati a formare un legame.

"Caspiterina!" esclamai.

"Cosa?"

"Posso usare tutte e sette le mie lettere. Non l'avevo mai fatto." Un paio di volte mi era capitato di formare una parola fantastica ma non c'era spazio sufficiente sul tabellone. In quel momento invece eravamo ancora alle prime fasi del gioco e la lettera che mi serviva per completare la parola era lì in bella vista.

Piazzai con cura le tessere. E N D O G E N O: 21 punti più 50 di bonus.

"Mi sembra evidente chi vincerà la partita," disse Toby. Cercò di usare un tono neutro, e non era arrabbiato. Deluso sì, però.

Basta parlare di clima per un po'. Durante i turni successivi menzionai di straforo Lampedusa, con il problema dei settemila migranti sbarcati in una settimana, e un colpo di Stato in Niger. Inoltre fui attento a giocare parole che avrebbero dato a Toby la possibilità di usare due degli spazi che permettevano di raddoppiarne il valore.

Non potevo farlo in maniera smaccata. A nessuno piace essere il bambino che i genitori lasciano vincere. In realtà Toby aveva talento per la strategia e probabilmente avrebbe raggiunto il mio punteggio in ogni caso, ma non volevo perderci troppo tempo. Era stato generoso da parte sua giocare con me quando gliel'avevo chiesto, e di certo potevo lasciare che si divertisse.

Era da tanto tempo che non ce la spassavamo per il gusto di farlo.

Toby compose O S S E Q U O, pensando fosse la giusta grafia di "ossequio".

"Niente male." Citai un'altra notizia sul maltempo, stavolta in Corea del Sud.

Toby sospirò.

"Vorrei tanto avere la A." Sollevai il porta-tessere e lo guardai accigliato.

"Sì?"

"Si può fare una parola davvero eccezionale in fondo al tabellone," aggiunsi. "Spero di pescare una A la prossima volta."

Esageravo?

Toby osservò per più di un minuto la plancia e poi piazzò una A su una casella che triplicava i punti complessivi, componendo in verticale la parola S V E G L I A.

Scoppiai a ridere. "Com'è che nessuno di noi due l'aveva vista finora?"

Continuammo a giocare. Anni prima avevo comprato una serie extra di tessere e le avevo aggiunte al gioco, in modo che lo spazio sul tabellone finisse prima delle lettere migliori. Arrivati a quasi novanta minuti di partita, avevamo entrambi un punteggio sopra 300. Snocciolai un paio di altre notizie sul clima, una manifestazione qua, una causa legale là, entrambe deprimenti.

"La gente deve accettare la realtà," commentò Toby. "Le cose non miglioreranno. Basta che montiamo delle imposte antitempesta, mettiamo nello scantinato delle pompe di drenaggio e facciamo del nostro meglio per tirare avanti. Il governo non farà nulla. Provarci è uno spreco di tempo ed energia."

In effetti, l'estate prima avevamo comprato un condizionatore per il salotto. Non potevamo permettercelo per l'intera casa, allora avevo proposto di rinfrescare il salotto piuttosto che la camera, sapendo che avrei avuto maggiori difficoltà di lui ad addormentarmi con il caldo.

"È uno spreco anche di risorse emotive," continuò. "E io non ne ho da buttare."

"Ma lottare può essere rinvigorente, no?" Scrissi il punteggio aggiornato alla sua ultima parola.

Raccontai di tre famiglie asiatiche della zona traumatizzate da recenti invasioni domestiche. Uno dei residenti era stato colpito con il tazer.

Toby diede un'occhiata all'orologio.

Ora o mai più, pensai. "Si lotta per la vita con tutti i mezzi necessari," insistetti. "Se qualcuno fa irruzione a casa tua, tu tiri fuori la mazza da baseball o la pistola. Se qualcuno spara sulla folla scappi, ti nascondi o reagisci."

Toby esaminò il tabellone, arricciando il naso. Non era rimasto molto spazio. "Ventotto centimetri di pioggia non sono la fine del mondo."

Nel momento stesso in cui giocavamo, una parte del Massachusetts stava affrontando "l'alluvione dei duecento anni". Non era morto nessuno, ma i danni erano ingenti. L'avevo menzionata poco più di mezz'ora prima, e Toby si era comportato come se non mi avesse nemmeno sentito.

"Ti ricordi qualche anno fa, quando stavo per avere un esaurimento nervoso?" chiesi. Toby si era rifiutato di cominciare a riscattare la pensione di anzianità, anche se a sessantasette anni non avrebbe avuto penali. La domanda era un non sequitur. E l'argomento delicato.

"Dovresti essere abbastanza forte e indipendente da pagarti le bollette senza bisogno del mio denaro." Toby stringeva di nuovo le labbra. Due le ipotesi: avremmo concluso la conversazione entro pochi secondi o lui sarebbe uscito dalla stanza. Era in vantaggio di quindici punti. Almeno quello.

Naturalmente pagavo da me le bollette dell'elettricità e dell'acqua, senza il suo contributo, e tecnicamente non erano le *mie* bollette. Lui aveva le rate dell'auto, come mi ricordava sempre, ed era giusto che io mi occupassi di una parte dei conti di casa.

"Ma *non ero* forte," risposi. "Le persone sono fragili. E quando perdono la macchina o la casa o il negozio a causa di un'alluvione, non importa se prima o poi l'assicurazione pagherà, loro sono in difficoltà adesso."

"Che cosa vuoi che faccia?"

"Un minimo di interesse non guasterebbe."

"Non è nemmeno di aiuto."

"Toby," dissi provando a usare un tono disinvolto, mentre esaminavo le opzioni rimaste sul tabellone, "il costo dei disastri climatici negli USA è di 150 miliardi di dollari all'anno." Il giorno prima avevo cercato quelle cifre per il mio articolo. "L'intero budget per l'istruzione è di soli 70 miliardi. Aggiungendo quello per la guardia costiera e i parchi nazionali, ne avanzerebbero comunque 60."

Avrei potuto inventarmi dei numeri qualsiasi, e non ero nemmeno sicuro di ricordarli correttamente. Ma il punto rimaneva valido.

Toby fece una pernacchia. "Puoi dimostrare qualsiasi cosa citando statistiche." Piazzò una X sotto una E del tabellone. "Non vuol dire niente. Se anche smettessimo di usare il petrolio da un giorno all'altro, i disastri climatici rimarrebbero. Non riuscirai a recuperare quel denaro."

Aggiunsi al suo totale i punti appena fatti. "Ma possiamo impedire che diventino 200 miliardi all'anno, o 250, o 300."

Lui fece un respiro profondo. "Craig, mi stai deprimendo. E ti deprimi tu. Lo so che hai visto morire una tua cara amica, ma devi andare in terapia. Stai crollando a pezzi, e non mi lascerò trascinare giù insieme a te." Sospirò di nuovo. "Punteggio?"

Presi il foglietto. "417 a 384." Avevo cominciato a riguadagnare vantaggio prima che lui piazzasse l'ultima parola.

A quanto pareva non avremmo più giocato per molto tempo.

Nessuno di noi due poteva permettersi un affitto mentre avevamo ancora il mutuo casa da pagare. Ma forse ci serviva un periodo di separazione. Era inevitabile. Dovevo sentire se potevo trasferirmi temporaneamente da Jonah. Doug mi faceva troppa paura. O magari chiedere a Toby se avesse qualche amico da cui stare qualche settimana o qualche mese. Magari quello con cui passava a volte la notte, Martin.

Cominciai a rimettere le tessere nel sacchetto di velluto, e Toby mi aiutò. Di solito odiava questa fase e lasciava che me ne occupassi io. Invece quel giorno rimase finché non fu tutto a posto.

"Probabilmente ci rimangono solo cinque anni più o meno decenti," disse. Non ero sicuro se si riferisse all'età, alla nostra relazione, al clima o che cosa. "Non voglio passarli in prigione."

Era un punto di vista del tutto ragionevole e sensato. *Allora perché mi faceva infuriare tanto?*

"Ti amo, Craig." Fece una pausa. "Credo. Ma se stai combinando qualcosa di illegale ti denuncio comunque."

Sentivo David Cassidy cantare la mia canzone preferita della Partridge Family.

Andai nello studio a prepararmi un borsone.

Sconforto

Più di 420.000 americani erano ormai allergici alla carne rossa e ai latticini, dopo una risposta immunitaria estrema a determinate proteine, provocata da un morso di zecca.

I cambiamenti nelle condizioni meteo facevano sì che gli scarabei dei pini si diffondessero per centinaia di chilometri fuori dal loro areale originario, trasformando enormi zone in "foreste fantasma".

Un incendio boschivo decimò quasi 40.000 ettari del Joshua Tree National Park, distruggendo fino a un milione di alberi.

Su una spiaggia della Columbia Britannica in bassa marea, mezzo miliardo di molluschi morirono nel giro di poche ore per un'ondata di calore.

Gli ulivi di Spagna, Italia e Grecia cominciarono a far cadere i frutti in anticipo per proteggersi dal calore e dalla siccità.

A Federal Way, a sud di Seattle, un piromane appiccò il fuoco alla casa di una famiglia indiana che dormiva. Ne uscirono tutti vivi.

Una barca sovraccarica affondò lungo la costa greca, uccidendo 700 migranti, ma la gente sembrava più interessata alla notizia di un piccolo sottomarino che faceva il tour dei resti del Titanic e dei cinque ricchi passeggeri morti quando il veicolo era imploso nelle profondità oceaniche.

In Oklahoma, South Carolina e Texas, i nazionalisti cristiani premevano per la messa al bando di cure e terapia per gli adulti trans, in aggiunta ai bandi già in atto per gli adolescenti.

Gli impiegati degli hotel di Los Angeles scesero in sciopero, così come i dipendenti comunali di Portland, Oregon.

Le agenzie di stampa rivelarono che negli ultimi dieci anni erano stati uccisi più di trenta giornalisti specializzati in clima.

Il segretario delle Nazioni Unite dichiarò che era arrivata "l'era del bollore globale".

Ti è duro ricalcitrare contro il pungolo

"Sei gentile a ospitarmi per la notte."

Lungo il tragitto mi ero ripetuto in continuazione il famoso mantra di Dylan Thomas, *Infuria, infuria, contro il morire della luce.* Ma una volta a destinazione mi ero già calmato.

Doug mi diede un bacio e mi accolse nel suo appartamento. Prima avevo provato con Jonah, ma era fuori città. Il suo volo da Dallas a Oklahoma City era stato cancellato, e non sarebbe riuscito a concludere il viaggio di ritorno fino al giorno dopo.

"Mi dispiace, stasera ho un appuntamento," mi disse Doug.

"Posso mettermi le cuffie e stare in salotto."

Lui scoppiò a ridere. "Non ci dà fastidio se ci senti, sempre che non dia fastidio a te."

"Ah, ehm, okay." Avevo una gran voglia di guardare un film. Qualcosa di *non* cupo. Magari *Encanto* o *Up* o *Gli incredibili*.

Non avevo raccontato a Doug di aver ricevuto gli adesivi, né di averne appiccicati più di quattrocento su macchine, cassette delle lettere e pensiline degli autobus. Se anche li aveva notati in giro per la città, non ne aveva fatto cenno. Mi resi conto che non sarei mai riuscito a piazzarli tutti e duemila da solo, ma ancora non ero disposto a parlarne con lui o chiunque altro.

114

"Guardando te e Toby, qualcuno penserebbe che siete così prossimi alla fine che non vale neanche la pena di separarsi." Aveva un tono privo di giudizio. Avrei voluto sapere come ci riusciva.

"Non so se ci separeremo davvero," risposi. "Però le cose non possono rimanere come sono."

Forse avrei dovuto rompere anche con Doug e Jonah, fare sesso solo nei cinema porno e nelle saune, azzerando le possibilità di finire invischiato nelle vite degli altri... e nei loro problemi personali.

Doug rise di nuovo, prima di tirarmi a sé e baciarmi con la lingua, e mi rilassai. "È *importante* sfruttare al massimo tutto il tempo a disposizione."

"Anche quando si è a un passo dalla fine, intendi?" Gli rivolsi un'occhiata di finta indignazione.

"Su, su. Ti capisco, voi vecchi siete suscettibili riguardo all'età."

"Io invece capisco che voi giovani non sapete trattare con rispetto i vostri anziani."

Doug guardò l'ora. "Non arriverà prima di trenta minuti."

Ah, doveva prepararsi e io gli facevo perdere tempo con delle chiacchiere insulse. "Io..."

Mi infilò la mano sotto la cintura, nell'elastico delle mutande. "Quanto spazio," commentò. "Hai perso altro peso?"

Ero sceso a 81 chili. Be', certi giorni 82 e altri 81. Ma mi ripetevo di essere a 81.

Doug mi spinse verso il bordo del divano, mi tirò giù i pantaloni, prese del lubrificante e mi penetrò lentamente, qualche millimetro alla volta. Passarono cinque minuti, e ancora non mi aveva scopato sul serio. Mi venne voglia di cantare quella canzone di Carly Simon.

"*Anticipation...*"

Il modo in cui a Doug restava duro senza che dovesse muoversi era... "Davvero notevole," commentai.

"Guardare il mio cazzo dentro al tuo culo mi stimola quanto basta."

Cominciò a dare dei lenti affondi.

"Ahh."

"Tutto okay?"

"Ahh. Sì." Grugnii di nuovo. Venire scopato era sempre un po' più fastidioso di quanto ricordassi. Dopo, però, il ricordo era magnifico.

Come una madre che dimentica il dolore del parto.

Be', forse non era il paragone più azzeccato.

Di certo non avrei scordato il dolore provato quando mia madre mi aveva detto di non rivolgerle mai più la parola.

"L'estrema destra pensa che ci sia un'epidemia di omosessualità," disse Doug mentre una goccia del suo sudore mi cadeva sulla schiena. Mi chiesi se in qualche modo fosse in grado di leggermi nella mente, come sembrava fare Jonah. La gente diceva di interpretare facilmente le mie espressioni facciali, ma quei due erano persino più bravi a leggermi dietro la testa. "Che ci sono più gay che mai."

"Non sei il massimo nelle chiacchiere da letto, sai."

Doug diede una spinta particolarmente energica. "Magari hanno ragione," disse. "Magari, istintivamente, gli esseri umani stanno cercando di rallentare la procreazione, sapendo a livello subconscio che come specie non hanno futuro."

"Gesù Cristo, Doug."

Lui cominciò a pompare ancora più forte, e dal respiro capii che era vicino all'orgasmo. Mi faceva ancora male, ma allo stesso tempo era bello. Aspettai che gli mancasse qualche secondo prima di lanciarmi anch'io a dirgli sconcezze.

"Ricattiamo un predicatore di destra perché dica ai fedeli di combattere il cambiamento climatico!"

Doug venne con un urlo e poi si accasciò ridendo sulla mia schiena. "Peccato che presto saremo tutti morti. Sarebbe divertente passare qualche decennio insieme a te."

Ero rimasto mortificato quando il medico mi aveva detto che soffrivo di obesità morbosa. Ma io *ero* morboso, pensai. Il black humor è pur sempre umorismo. A volte anche io e Toby scherzavamo durante il sesso. All'epoca in cui facevamo sesso.

Forse era per quel motivo che avevamo smesso di farlo.

Non volevo smettere di frequentare Doug.

Si sentì bussare alla porta. "È arrivata," annunciò Doug. Afferrò i pantaloni e andò in bagno. "Falla entrare mentre mi pulisco."

Era una *lei*?

Mi tirai su anch'io i pantaloni e andai con passo lento ad aprire la porta. "Ehi, Shawna," la salutai. "Bella maglietta." Era color ottanio, intonata ai capelli.

"Grazie." Sembrava incerta, ma io la invitai dentro. Si era messa un rossetto corallo. "Doug arriva tra un secondo. Non fare caso a me. Mi metto sul balcone a leggere un libro."

Doug si unì presto a noi. Chiacchierammo per qualche minuto delle ultime notizie, un'esplosione in una raffineria della Louisiana, il deragliamento di un treno carico di petrolio in Ohio, e una conduttura saltata in Michigan. "So da fonti certe," ci informò lui, "che due di questi non sono stati incidenti."

Shawna sorrise, io no. "Ma... pensa all'inquinamento," dissi, "alle tossine, ai danni all'ambiente."

Doug scosse la testa. "L'ambiente è in grado di riprendersi più rapidamente del clima. Dobbiamo fare tutto quanto in nostro potere per rendere la vita infelice e dispendiosa a chiunque tragga profitto dai combustibili fossili."

Shawna fece spallucce. "Nelle guerre c'è sempre il fuoco amico. Danni collaterali."

Stavano parlando di *vite*. Persone con famiglia, con hobby, sogni e progetti. Pesci, lontre e rane, e tutti volevano scopare e mangiare, come me. E uccelli, che volevano anche loro vivere le loro vite fino in fondo, come Toby.

Gli uccelli, sopravvissuti all'ultima estinzione di massa, erano l'unica linea evolutiva dei dinosauri tuttora esistente.

Guardai Doug e Shawna, che mi stavano fissando. Erano innegabilmente turbati. Magari non esisteva alcuna omosessualità di massa in risposta alla crisi climatica, ma di certo sembrava esserci un'isteria di massa, una follia collettiva. Che poteva spiegare il fenomeno MAGA così come spiegava *noi*.

Doug mi diede un bacio e poi condusse Shawna in camera da letto. Mi versai un bicchiere d'acqua e andai a sedermi sul balcone.

Faceva troppo caldo.

Tornai dentro e mi sedetti sul divano, ma non ero in vena di guardare la TV o di ascoltare musica. Probabilmente avrei dovuto tornarmene da Toby.

Sentii aprirsi la porta della camera e mi girai; Doug mi stava invitando con un cenno. "Vuoi guardare?" chiese. "E magari leccare via lo sperma dalla passera di Shawna?"

Signore, abbi pietà.

Non ero bisessuale, neanche un po' – avevo detto di no persino a Maggie durante il corso sulla sessualità umana – ma nessuno sano di mente avrebbe mai rifiutato l'opportunità di leccare lo sperma di Doug. Annuendo li raggiunsi in camera.

Fantasmi

Il giorno dopo dovetti tornare a casa subito dopo il lavoro. Restare fuori più a lungo avrebbe creato una spaccatura troppo difficile da colmare. Ma passare una serata normale non era possibile.

Magari non lo sarebbe stato mai più.

"Stasera farai meglio a non parlare di clima," mi ammonì Toby. "Perché ti ci devi ossessionare? Non ti starà venendo la demenza?"

Alla faccia del non parlarne.

Non aveva torto, certo. Ma era come aver battuto la testa in un incidente. Come avere un'esperienza di pre-morte, svegliarsi e vedere all'improvviso i fantasmi, sempre che esistessero, o gente di altre dimensioni.

Mi venne in mente la serie australiana *Spirited*.

Vedere altre persone ovunque e non riuscire mai a disattivare quella vista speciale deve rendere impossibile una vita normale. Sei al ristorante per una cenetta romantica, quando viene a parlarti un fantasma. Oppure sei nel bel mezzo del sesso e uno di loro critica la tua performance. Magari stai servendo un cliente al lavoro quando un fantasma comincia a fare domande, coprendo la tua voce.

Non riesci ad andare avanti come prima con la tua vita. Non sarebbe davvero possibile.

Una volta apparsa la drammatica realtà del crollo climatico, non puoi cancellarla dalla mente. Gli spettri sono ovunque.

Ma chi con un po' di sale in zucca vorrebbe avere come partner uno che vede i fantasmi?

"Che ne dici se ordino del teriyaki," proposi, "e poi guardiamo una commedia?"

"Okay."

Inghiottii quattro capsule di fibre per compensare in piccola parte i carboidrati extra, ma dovevo semplicemente accettare che quella sera mi sarei ritrovato i valori sballati. A volte bisogna sacrificare qualcosa di buono per qualcosa di meglio.

Toby si stese addosso una coperta mentre ci sedevamo a guardare un altro episodio della serie australiana *Preppers*. Avevo spento l'aria condizionata in modo che sentissimo la TV, ma ci serviva comunque il ventilatore. Anche quello faceva troppo rumore, allora cercai di sopportare il caldo.

"Ho il culo gelato," disse Toby.

Com'era possibile, mi chiesi. Era malato? Stavamo arrivando a quell'età in cui uno rischia di stramazzare da un momento all'altro; non eravamo decrepiti ma vecchi sì, e nessuno se ne sarebbe sorpreso. Anche se non stavamo più bene insieme, non gli auguravo di soffrire.

"Sai come si dice, culo freddo…"

"Non hai *mai* sentito nessuno in vita tua dire così." Toby si finse serio, ma mi sembrò di vedergli un sorrisetto in faccia.

"I detti devono pur avere origine da qualche parte."

Mi tenne la mano mentre guardavamo gli aborigeni survivalisti rimanere intrappolati nel loro rifugio sotterraneo.

Si addormentò prima della parte migliore.

***

Mi trovavo alla fermata d'autobus dell'interscambio di Mount Baker e osservavo il retro di una banca, dove un uomo bianco anziano dormiva sotto una coperta sporca e un ombrello. Più tardi l'ombrello gli sarebbe servito per ripararsi dal sole. Non vedevamo la pioggia da settimane.

Vicino a me, accanto al cestino della spazzatura della pensilina, c'era una donna asiatica minuta.

Un giovane nero intorno ai trenta arrivò a piedi da Rainier, tenendosi i pantaloni e canticchiando piano. "Bellissima giornata!" esclamò. La donna asiatica osservava il marciapiede di fronte a sé. "Una giornata meravigliosa!" continuò lui guardando me.

Aveva il viso asciutto da immigrato dell'Africa orientale, ma l'accento era impercettibile. Magari era arrivato qua da bambino.

"Una volta ero un senzatetto," disse sempre rivolto a me. "Ma adesso ricevo un voucher casa e sto cercando lavoro."

Annuii partecipe, ma non avevo particolare voglia di interagire.

"Sono stato sette mesi in prigione," proseguì, "ma fumo solo erba."

Buon per te.

"Non ci sono scuse per non avere un tetto sopra la testa." Guardò verso l'uomo che dormiva accanto alla banca. "La gente dà la colpa agli altri, invece *non ci sono scuse*."

Guardò di nuovo me, e non seppi cosa fare. Di certo non pensavo che il drammatico aumento dei senzatetto negli ultimi anni fosse dovuto alla gente che seguiva le tendenze del momento.

"Non sei d'accordo?" insistette.

"Non saprei." Avevo una voglia disperata di veder giungere l'autobus. Mi aspettava una lunga giornata al minimarket e non volevo arrivare stanco per aver già interagito con il "pubblico".

L'uomo scosse la testa. "Le regole sono una merda," disse, "ma bisogna trovare il modo di far funzionare le cose." Si girò verso un altro uomo bianco, sui quaranta, appena arrivato alla fermata: si comportava come se non avesse nemmeno notato il nero, guardava oltre come se non ci fosse niente da vedere.

"Ti è duro ricalcitrare contro il pungolo," disse il giovane prima di andare a sedersi sulla panchina alla fermata.

La donna asiatica continuava a fissare il marciapiede. Il tizio bianco tirò fuori il cellulare e cominciò a chiacchierare animatamente con un amico. Non era cieco, di sicuro aveva visto il giovane nero, ma doveva averlo già rimosso dalla memoria. Non ero certo che avesse nemmeno notato il senzatetto accanto alla banca.

Indossava una camicia e pantaloni ben stirati, scarpe di cuoio lucidate. Portava i capelli corti sul lato sinistro, con un'onda più lunga pettinata a destra. Magari a quarant'anni non era così giovane, ma a me sembrava comunque alla moda e sicuro di sé.

Ma soprattutto sembrava non accorgersi di nessuno a parte se stesso. Adesso stava parlando di un concerto allo stadio a cui sarebbero andati nel fine settimana.

Forse l'unico modo per vivere una vita felice e interessante è rifiutarsi di vedere ciò che potrebbe ostacolare tale felicità. E non è una cosa *positiva*, godersi la vita? Che sia un dono di Dio o un incidente biologico, è nostra solo per un breve periodo. Non approfittarne sarebbe come avere un uccello stupendo e scegliere la castità.

L'uomo rise di nuovo con l'interlocutore e io osservai il senzatetto muoversi nel sonno.

Mi chiesi come fosse nascere senza il gene dell'empatia. Un handicap o un colpo di fortuna incredibile?

Non conoscevo la risposta, ma sapevo che l'uomo che chiacchierava allegramente al telefono non si sarebbe mai posto la domanda, perché per rispondere avrebbe dovuto possedere quel gene.

Johnny Townsend

***

Ero seduto sul divano, davanti ai titoli di testa di *Snakes on a Plane*. Sentii dei cigolii e guardai verso la cucina. Jonah stava spingendo un carrello lungo la moquette lisa. "Caffè?" chiese. "Tè?" Sogghignò. "Me?"

Jonah non era abbastanza vecchio da ricordare il film TV dei primi anni settanta con Karen Valentine, *Coffee, Tea or Me?*, ma io sì.

"Ho anche i pretzel." Mi mostrò un pacchettino azzurro. "Basta arachidi. Qualcuno potrebbe essere allergico."

"Sono a posto così," risposi. Il semaglutide mi rallentava in modo drastico la digestione, quindi non ero più quasi sempre affamato. Dovevo ancora scegliere consapevolmente di non mangiare, ma almeno adesso ci riuscivo.

"Niente? Davvero?" Jonah guardò il televisore e poi me. "Ah, credo di sapere di cosa ha bisogno."

Avevo bisogno di un momento di relax. Di guardare un film divertente che parlasse di terroristi su un aereo.

Jonah sparì in camera da letto mentre io seguivo l'inizio della storia. Tornò un attimo dopo porgendomi un pezzo di carta, e io misi il film in pausa.

Lo lessi: era un articolo stampato da internet. A quanto pareva, una hacker o truffatrice aveva ingannato dei broker di Wall Street inducendoli a vendere le azioni di un'azienda di materiali per gasdotti, e in seguito ne aveva acquistato buona parte a prezzo stracciato. Lei e i suoi amici erano riusciti, nel giro di alcuni giorni, ad acquistare il 52% delle azioni, per poi annunciare che avrebbero costretto la società a cancellare le forniture ai progetti relativi ai combustibili fossili.

"Come mai non ho sentito la notizia?" dissi, chiedendomi se fosse uno scherzo. Satira, magari? Ma non sembrava un post di The Onion. O di Andy Borowitz.

"Magari i media mainstream non hanno voluto darla," rispose Jonah con un'alzata di spalle. "Anche se hanno parlato della vicenda di GameStop, e del tizio che con un tweet fasullo sui prezzi dell'insulina ha fatto crollare in pochi minuti le azioni dell'azienda farmaceutica."

"Ma adesso non arriverà una nuova compagnia che inizierà a fare soldi con la fornitura di gasdotti?"

"Ehi, bisogna festeggiare gli eventi di questo tipo. Una vittoria per volta. Non si può vincere la guerra da un giorno all'altro."

Jonah mi sedette in grembo di traverso, in modo da riuscire a vedere sia la TV che me. Lo presi tra le braccia. Era una bella sensazione, ma continuavo a voler vedere il film. Ero un vecchio bacucco più di quanto credessi, pensai.

Oliver Sacks a passeggio nella serra.

"So a cosa stai pensando," disse Jonah.

"Sì?"

"Che io sono *contro* questo genere di cose." Agitò il foglio.

"Be'..."

Si sporse per baciarmi sulla fronte. "Ti informo che quando ero a Dallas ho comprato un paio di latte di olio motore e le ho versate su Energy Plaza."

Quasi scoppiai a ridere della futilità di un gesto simile. Due latte d'olio versate a terra in una città di... quanti chilometri quadrati? Mille? Un'assurdità totale. "Perché?" Come mai era così facile capire ciò che non funzionava solo quando lo faceva qualcun altro?

"Una delle hostess mi ha detto che va in pensione," rispose lui. "Non sopporta più i passeggeri fuori di testa. Ormai è una lotta costante."

Pensai alla donna colta a rubare preservativi che sosteneva di aver ricevuto da Dio la missione di impedire il controllo delle nascite.

"Zina non mi dà l'impressione di potersi divertire di più in pensione che al lavoro." Jonah si spinse un po' di più contro il mio inguine. Mi impediva di vedere lo schermo.

"Mi è venuto in mente che un giorno avrò la tua età, e voglio avere almeno una possibilità di godermi la pensione."

"Posso lasciarti in eredità il mio bastone e il deambulatore," proposi.

Mi scoccò un'occhiata. "Non ti stai divertendo stasera?"

"Sì, se mi lasci rilassare."

"È facile per noi giovani credere che non invecchieremo mai. Ma frequentare te mi ha fatto rimettere in discussione alcune cose."

"Non riesco a concentrarmi sul film se continui a giocherellare con il mio piercing al capezzolo."

"Lo dici come fosse una brutta cosa."

Jonah si alzò e mi porse la mano. La presi e lui mi condusse in camera. Mentre mi spogliavo indicò il comodino, in realtà un altro carrello delle bevande. "Posso offrirle un lubrificante al gusto fragola?" chiese. "Anguria?" Fece segno con il dito. "Abbiamo pinze per capezzolo, poppers…"

"Togliti i vestiti e basta."

Jonah sorrise. "Credo di sapere che cosa vuole."

Non serviva certo una laurea.

Mi spinse sul letto. "Lieve turbolenza in arrivo."

Oh, cielo. Quest'uomo era davvero un po' *troppo*, ma a cazzo donato non si guarda in bocca.

Tempeste

In Russia, il leader del gruppo mercenario Wagner rimase ucciso in un incidente aereo, pochi mesi dopo il fallimento del colpo di Stato per rovesciare Putin. I droni ucraini raggiungevano sempre più di frequente Mosca, provocando esplosioni nei grattacieli di uffici, ma il costo inflitto dalle truppe russe ai civili ucraini continuava a essere superiore.

L'India fece atterrare con successo un lander sulla luna.

New Orleans registrò temperature record per otto giorni di fila.

Sebbene nell'emisfero sud fosse inverno, la temperatura raggiunse i 37 gradi in Argentina e Paraguay, e 40 in alcune zone del Cile.

Un terrorista agli arresti domiciliari per gli attacchi alla Casa Bianca scappò mentre era in attesa della sentenza.

I dipendenti UPS minacciarono di scioperare per svariati problemi con l'azienda, inclusa la mancanza di aria condizionata sui furgoni.

I francesi continuavano a protestare contro la decisione presa da Macron, bypassando il parlamento, di alzare l'età pensionabile.

Sul confine greco con la Turchia furono rinvenuti i corpi di diciotto migranti, dopo che un incendio aveva devastato la regione. Il giorno dopo ne vennero trovati altri due.

I pazienti di una clinica greca vennero evacuati in traghetto dopo che le fiamme avevano raggiunto la spiaggia dietro l'ospedale.

Secondo una guida di recente pubblicazione, il pattinaggio di velocità ad Amsterdam era ormai un ricordo del passato, dato che i canali ghiacciavano solo tre volte negli ultimi dieci anni.

Le autorità del Kirghizistan avevano dichiarato l'emergenza nazionale per via delle forti alluvioni.

L'autodifesa è un diritto umano

La protesta si teneva in cinque punti della città simultaneamente. Ci eravamo aggregati anche noi, e gli habitué della Serata cinema non dovettero fare altro che richiedere in anticipo la giornata libera al lavoro. La gente che aveva risposto all'appello di Greenpeace andò in un posto, mentre a quelli che avevano aderito tramite Sierra Club, Nature Conservancy, Earthjustice, Climate Defiance eccetera veniva chiesto di radunarsi altrove. Con così tanti gruppi per il clima o l'ambiente presenti, e con le varie organizzazioni per i diritti umani che esortavano i membri a unirsi alla protesta in uno dei punti prescelti, le aspettative erano alle stelle.

O perlomeno ci si attendeva copertura mediatica. A rimanere bassa invece fu l'aspettativa che qualcuno al potere se ne interessasse abbastanza da modificare le proprie politiche.

"Quindi è tutta scena?" domandai.

"Fare scena è importante," rispose Doug. "Anche predicare a chi è già convinto."

"Però mi sembra che…"

"Che invece faremmo meglio a far saltare le condutture?"

Se lo fai sbagli, se non lo fai sbagli comunque.

"Andiamo e divertiamoci," insistette lui. "Io sarò a Westlake. Dicevi che dopo raggiungerai Jonah alla manifestazione presso il municipio?"

Annuii, anche se in realtà lo avrei raggiunto all'edificio federale sulla Seconda avenue. Non volevo che Doug sapesse più dettagli su Jonah del necessario. In sua presenza, persino le azioni pubbliche sembravano segreti da custodire.

Doug fece un sacco di domande su di lui, e sapevo che non aveva in mente solo il sesso, visto che ne faceva più che a sufficienza. Aveva un carisma indefinibile che gli consentiva di portarsi a letto sia uomini che donne.

Feromoni? Fiducia in se stesso?

Cosa sarebbe il mondo se invece di essere ossessionati dal denaro, dal potere o dal sesso stesso, ci fosse più gente che lo pratica disinvoltamente, senza moralismi, senza giudicare con ostilità?

"È troppo bassa."

"È calvo."

"Non mi piace il suo naso."

"Che brutte labbra."

"Troppo grassa."

"Troppo smilzo."

Tante ragioni per rifiutare l'intimità, in ogni sua forma, che non c'entrano con i soldi o la politica, e che creano a loro volta una dozzina di nuovi motivi per provare disprezzo gli uni per gli altri.

Guardai Doug passarsi le dita tra i capelli biondo sabbia, e cercai di resistere alla tentazione di avvicinarmi la sua mano al viso e inspirare forte. Se trovava così facilmente partner sessuali e passava comunque tanto tempo con me, dovevo piacergli davvero.

Per il compleanno di Toby, la settimana precedente, Doug mi aveva suggerito come regalo un servizio fotografico erotico per lui e Martin. Costava molto di più di quanto spendessimo di solito, e considerate le nostre tensioni mi creò imbarazzo, ma Doug mi aveva procurato uno sconto scopandosi il fotografo e Toby alla fine era sembrato sinceramente commosso, seppur confuso.

Doug non era *obbligato* ad aiutarmi con Toby, eppure lo faceva.

Afferrai il mio cartello: su un lato c'era scritto "Che cos'avete contro un clima stabile?" e sull'altro "Il riscaldamento globale porterà mezzo miliardo di immigrati". Speravo che la seconda frase avrebbe dato da pensare ai conservatori.

Naturalmente, il capitalismo creava ormai la maggior parte delle crisi migratorie di tutto il mondo, e nessuno stava facendo granché in proposito. Né per gli altri fattori che contribuivano al problema.

Saliti sulla metropolitana leggera, Doug posizionò il proprio cartello – "L'autodifesa non è un crimine" da una parte e "Persino Babbo Natale sa che il carbone fa schifo" sul retro

– in modo che gli altri passeggeri potessero leggere gli slogan. Notai un turista accigliarsi e scattare una foto con il telefono.

Buona parte dei passeggeri ci ignorava. C'erano due senzatetto, sul nostro vagone, e una donna con un cagnetto che guaiva. Un sacco di gente da evitare.

Ma c'erano anche due manifestanti con i cartelli, e quando scendemmo a Westlake ne vedemmo parecchi uscire dagli altri vagoni. Salimmo le scale in direzione della strada e mi sentii rinvigorito all'istante.

In centinaia si stavano già radunando nella piazza e lungo i marciapiedi. Doug voleva un posto accanto alla piattaforma, in modo da sentire chi parlava. Indossava la mascherina e non si preoccupava di essere visto. Io avrei preferito restare ai margini. Ma in quelle ultime settimane, frequentando Doug, mi sentivo coraggioso per procura, persino quando provavo parecchio terrore di prima mano.

Per un'assoluta coincidenza, quel giorno l'indice della qualità dell'aria era 132, come risultato di alcuni incendi in direzione di Spokane.

Be', immaginai che non fosse davvero una coincidenza quanto un fatto inevitabile. Almeno manteneva la temperatura intorno ai 25 gradi.

Ci unimmo ad altri membri del cineclub sul clima, Shawna, Sarosh e Carla, la donna che supponevo essere trans. Ancora non ne ero del tutto sicuro. E mi irritava il fatto che continuavo a cercare di capirlo.

Doug diede un bacio a Shawna, la quale mi strizzò l'occhio. Scattò rapidamente qualche foto al nostro gruppo. Notai che Doug si assicurò di tirarsi su la mascherina, prima.

Molti manifestanti erano vestiti di verde. Altri indossavano sacchi di plastica nera con le parole "Petrolio = spazzatura" attaccate sopra. E buona parte della gente aveva con sé cartelli. Una marea di cartelli.

Non esiste un pianeta B

Pronti per siccità e carestia?

Energia pulita, energia divina

Non restare in silenzio ADESSO

L'oceano si alza e noi anche!

Mentre i manifestanti allestivano, gli impianti stereo suonavano musica, perlopiù rap e hip-hop – sinceramente non capivo bene la differenza. Quella era sempre la parte più difficile di ogni protesta, per me. Una volta cominciato tutto, quasi sempre venti minuti in ritardo, di solito ero pronto a tornare a casa. Ma con Doug a fianco non avevo questa possibilità.

Salutò con la mano alcune persone nella folla ma non mi presentò. Vidi Rorik, un habitué del minimarket. Aveva la testa quasi rasata, con delle macchie di leopardo tatuate sullo scalpo visibili sotto i capelli verdi cortissimi. Gli feci un cenno di saluto e lui ricambiò.

Per fortuna, appena dieci minuti dopo le undici qualcuno raggiunse il microfono. L'uomo formulò un riconoscimento territoriale per i popoli indigeni; non contava molto, ma era comunque meglio di niente. Poi fece un riassunto delle ultime notizie sul clima.

"Di sicuro avrete sentito che un ricercatore ha ammesso pubblicamente di aver falsificato dei dati per esagerare la rilevanza del cambiamento climatico come fattore degli incendi in California."

Guardai Doug: aggrottava le sopracciglia. Si girò verso Sarosh per dire qualcosa, ma la folla era così rumorosa che non sentii la loro conversazione.

"Si è scoperto che il ricercatore lavora per un gruppo che promuove la disinformazione climatica per dare ai negazionisti la 'prova' che gli serve per continuare a negare il fenomeno. Non ha falsificato i dati per far apparire il cambiamento climatico peggiore di quanto non sia, ma per minare la fiducia della gente nella ricerca."

L'oratore proseguì parlando brevemente dei metodi ben collaudati con cui l'industria del combustibile fossile seminava il dubbio, ma aggiunse che la strategia più recente consisteva nel mettere l'una contro l'altra le organizzazioni per il clima, cercando di spingerci a dibattere se la "risposta" fosse la dieta vegana o la messa al bando del trasporto aereo.

"Vogliono che ci preoccupiamo delle cannucce di plastica e non delle nuove trivellazioni."

Doug si mise a parlare con Shawna, e lei disse qualcosa che lo fece ridere.

Sentii distintamente uno scoppio e mi guardai in giro, ma non fu seguito da altri, e nessuno sembrava aver notato nulla.

Un uomo con indosso una maschera da sci nera si fece strada in mezzo alla folla. Con quel caldo, la cosa non prometteva bene. Era difficile capirlo in mezzo a tanta gente, ma non sembrava avere con sé niente di sospetto.

Cercai di individuare dove fossero gli agenti in divisa, nel caso qualcuno avesse creato problemi.

Notai che Sarosh teneva per mano Carla.

Qualcuno sventolò una bandiera arcobaleno che nell'angolo sinistro in alto, al posto del triangolo rosa, ne aveva uno verde.

Vidi una donna terribilmente somigliante a Maggie.

Il tizio delle cannucce di plastica fu seguito da altri oratori, alcuni intonarono slogan e qualcuno parlò delle "prossime mosse da fare".

Doug emise un gemito. "Vogliono che contattiamo di nuovo i nostri politici." Fece una smorfia. "Come se non l'avessimo fatto già migliaia di volte." Distolse lo sguardo dalla persona al microfono e mi fissò. "Ti ricordi la definizione della follia data da Einstein?"

Ripetere la stessa conversazione sulle mosse da fare aspettandosi che finisca in maniera diversa?

"Dobbiamo doxare ogni dirigente delle industrie del fossile. Quelli delle compagnie assicurative che ancora assicurano i progetti legati ai combustibili fossili. Ogni senatore e politico a favore delle sovvenzioni."

"E poi?" chiesi. "Gli mandiamo una mail di insulti?"

Doug mi fissò senza rispondere e io sentii un brivido, persino nel calore della giornata estiva.

"Sai cos'è lo swatting?"

Ricordai un documentario secondo cui i Neanderthal si erano estinti perché non erano spietati quanto l'Homo sapiens.

Io volevo essere un Homo sensorium. Fare sesso di gruppo con Lito e Wolfgang e il resto del cast di *Sense8*.

Un autentico bordello.

Se solo gli umani si potessero estinguere senza portarsi dietro dieci milioni di altre specie.

"Vorrei poter distribuire un volantino in cui si chiede alla gente di avvelenare durante la cena del Ringraziamento i parenti che dirigono compagnie petrolifere o che le seguono come legali."

"Buon Dio!"

"Si fa quello che si può. Non abbiamo modo di avvicinarci alla maggior parte di questi pervertiti. Ci servono insider. Migliaia." Parlò con Shawna e poi di nuovo con me. "Ci serve che questa gente salti dalla finestra come, a quanto pare, fanno i detrattori di Putin."

Lessi l'ora. "Vado al municipio," gli risposi. "Ci sentiamo dopo."

Doug aveva un'espressione piuttosto gelida. Non mi disse ciao. Shawna mi salutò con la mano.

Non impiegai molto a raggiungere il Federal Building. Anche in un distretto finanziario così prestigioso si vedevano ciondolare senzatetto quasi a ogni angolo. Una volta il centro di Seattle era un posto pieno di vita. Non mi recavo più a Pike Place Market a passeggiare o a vedere un film. Non eravamo più venuti a visitare l'acquario o a camminare lungo la riva. Tutte cose che un tempo i residenti facevano di frequente quanto i turisti.

La società stava per subire una trasformazione, che ci piacesse o no.

Man mano che mi avvicinavo al Federal Building cominciai a leggere altri cartelli. Alcune persone accompagnavano i loro slogan con disegni. Per me era già tanto scrivere in maniera leggibile. Stavolta però avevo stampato le parole, per poi attaccarle al cartello. Indossando guanti, in modo che lo scotch non riportasse le mie impronte digitali.

Il petrolio non si beve

Non fossil-izzarti

Il clima cambia, perché noi no?

Non bruciate il mio futuro

Profitti da record = temperature da record

Bruciate il capitalismo, non il petrolio

Leader religiosi: denunciate il peccato dei finanziamenti al petrolio

Aggirai la folla alla ricerca di Jonah. Impiegai dieci minuti. Indossava la tuta mimetica, ma invece dei tradizionali toni oliva o marrone, la fantasia era nei colori dell'arcobaleno.

Supposi che avesse fatto quella scelta per riuscire a introdursi in un bar gay e mescolarsi alla gente senza farsi notare.

Naturalmente avevo fatto fatica a trovarlo persino in mezzo a una folla prevalentemente etero. Posò il cartello e mi abbracciò, stampandomi sulle labbra un bacio esagerato prima che mi rimettessi la mascherina.

Doug mi ispirava e intimidiva. Insieme a Jonah invece provavo un piacevole brivido. Il problema era che mi piaceva un po' *tutto*.

Una donna nera parlò alla folla. Non ero sicuro con quale gruppo fosse, magari era una candidata al consiglio comunale. "L'altro giorno parlavo con il mio ex marito," raccontò. "Quando gli ho detto che sarei venuta alla manifestazione per chiedere azioni immediate, ha risposto con la frase che voi e io abbiamo sentito un milione di volte: 'Non saprei. Penso servano ulteriori studi'."

La folla fece *buu*.

"Io gli ho detto: '*Tu* magari non sai, ma tanta altra gente sì. Ci sono migliaia di studi e report che offrono risposte definitive. Sei libero di metterti al passo con noialtri, ma non siamo obbligati ad aspettarti per agire'."

La folla esultò.

"Potete capire come mai abbiamo divorziato," aggiunse con un sogghigno.

La gente rideva, ma a me non sembrava affatto divertente.

Dopo di lei salì un altro oratore, un uomo asiatico. Parlò di chiedere al dipartimento di giustizia di perseguire Big Oil, ed esortò gli attivisti per il clima a intraprendere il maggior numero possibile di cause legali.

Alla fine, all'incirca alle 12:45, si presentò un altro, che diede istruzioni per la marcia. I manifestanti dovevano convergere dalle cinque località del centro alla banca dove qualche settimana prima avevamo tenuto la protesta contro i prestiti, per dare un ultimo spettacolo prima di separarci.

Avevo visto varie centinaia di persone a Westlake e una folla leggermente più ridotta davanti al Federal Building, ma una volta raggiunta la banca mi resi conto che nel complesso dovevano esserci almeno quattro o cinquemila manifestanti.

Il petrolio uccide

Cos'avete contro l'energia pulita?

Dirigenti del petrolio = criminali di guerra

Basta scuse!

Pentitevi! La fine dell'Olocene è vicina!

Mi chiesi se dovessimo cominciare a scrivere questi slogan sugli edifici cittadini.

Sentii vibrare il telefono e guardai: un messaggio di Shawna. "Perché qua ci sono solo 4.000 persone, in una città di mezzo milione?"

Doug aveva preso in prestito il suo telefono.

Misi via il cellulare e alzai di più il cartello. Jonah sorrise e mi strinse la mano.

E poi arrivò, troppo in fretta, il momento di tornare a casa. Mi resi conto che era la prima volta in assoluto che avevo voglia di restare fino alla fine di una protesta. Salutai con un bacio Jonah, mi imbattei in Miguel (della serata film) mentre andavo alla stazione della metro e gli feci un cenno con la mano, e mandai a Doug un breve messaggio tramite Shawna. "Ci sentiamo presto."

Persino su Renton Avenue, mentre tornavo a piedi dalla fermata del bus prima di svoltare nella mia via, tenni in alto il cartello in modo che gli automobilisti potessero leggerlo.

"Vi ho visti al notiziario," mi disse Toby quando entrai in casa.

"Ah sì?"

"Hanno mostrato un uomo con un tutù rosa, uno vestito da Spiderman e poi una donna con un piercing al sopracciglio, uno al labbro e un altro sulla fronte, sembrava un cornino di metallo."

Annuii.

"Ho letto un po' di cose," proseguì. Si girò, come se avesse paura di guardarmi negli occhi. "Che ne diresti di verniciare di bianco il tetto?"

Quando mi guardò di nuovo gli porsi la mano. Mi strinse timidamente le dita, allora lo tirai a me e ci abbracciammo come non facevamo da lungo tempo.

Siccità

Nel quartiere francese di New Orleans, un mulo che trainava una carrozza piena di turisti morì per un colpo di calore. Due dei turisti chiesero un rimborso.

Un ospizio in Mississippi venne evacuato per un guasto del sistema di condizionamento dell'aria. Gli abitanti della vicina Jackson erano privi di regolare fornitura d'acqua da quasi un anno.

Un incendio, alimentato dai venti di un uragano in mare aperto, rase al suolo Lahaina, Maui, nel giro di poche ore. Andò bruciata quasi l'intera cittadina di 12.000 abitanti.

Prima che divampasse l'incendio era saltata la corrente, così come internet e la rete telefonica. Molti residenti non si erano accorti del pericolo finché non si erano attivati gli allarmi antincendio di casa, al che avevano guardato fuori per vedere cosa succedesse.

Due donne si erano rannicchiate nella piscina del loro condominio mentre gli edifici intorno crollavano. Altri si erano buttati nell'oceano, rifugiandosi dietro un argine o allontanandosi a nuoto dalle barche che bruciavano nella baia.

Delle famiglie erano morte in auto, bloccate nel traffico. Alcuni anziani, incapaci di correre, erano morti nelle proprie case.

Un uomo, sapendo che il vicino era al lavoro, aveva preso i suoi figli e li aveva portati al riparo mentre, tutt'intorno, cadevano dal cielo uccelli morti.

Alcuni sopravvissuti raccontarono di aver sentito la gente gridare a neanche un isolato di distanza, avvolta dalle fiamme.

Il corpo di un adolescente fu rinvenuto in casa accanto al suo cane.

Al momento erano 97 i corpi carbonizzati recuperati.

Gli opinionisti di destra premettero per il boicottaggio della birra Bud Light dopo che l'azienda aveva sostenuto un'influencer trans.

Adattarsi come non ci fosse un domani

L'autobus era piuttosto affollato, perciò mi irrigidii quando vidi salire un senzatetto avvolto in una coperta. L'uomo era sorprendentemente attraente, sulla quarantina, i capelli scuri e la barba di tre giorni. Forse la maglietta con la scritta "Chiedimi di Gesù" era più fastidiosa del suo status abitativo. Se si fosse ripulito, e in condizioni diverse, quei lineamenti mi avrebbero spinto a fissarlo contro ogni buonsenso.

Persino da uomo senza fissa dimora era fuori dalla mia portata. Non riuscivo a figurarmi che aspetto avrebbe avuto se non avesse avuto una vita dura.

L'aria sul bus era soffocante. L'idea di portarsi ovunque una coperta mi sembrava un incubo, ma immaginavo che non si potesse permettere di lasciarla in giro. Il tizio cominciò a percorrere lento il corridoio. Vedevo gli altri passeggeri posare le borse o i sacchi della spesa sui sedili vuoti accanto e poi guardare fuori dal finestrino. Io mi trovavo all'ultima fila del livello inferiore, dal lato opposto alle porte posteriori e davanti agli scalini che portavano di sopra.

Prosegui fin su, lo esortai mentalmente. *Vai avanti. Avanti.*

L'uomo si fermò proprio davanti alla mia fila, mi rivolse una breve occhiata e poi si aggrappò al palo accanto alla porta.

L'autobus ebbe uno scossone e lui guardò di nuovo verso di me. Gli indicai il sedile accanto. Non diede segno di notarlo

147

ma si sedette, tirandosi la coperta addosso. Una parte era stesa sulla mia gamba.

Pensai ai pidocchi.

A quell'ora della mattina avrei impiegato altri venticinque minuti per raggiungere la stazione di interscambio di Mount Baker. Chiusi gli occhi e cercai di estraniarmi.

Non molto tempo dopo sentii una pressione sulla spalla: il senzatetto si stava appisolando e mi sbatteva contro; cercò di svegliarsi, ma dopo una manciata di secondi si riaddormentò e mi urtò di nuovo.

Alzai il braccio destro e glielo posai con delicatezza sulle spalle, attirandolo a me. Lui alzò allarmato lo sguardo, poi però chiuse gli occhi e mi appoggiò la testa sulla spalla.

Non avrei mai fatto una cosa simile se quell'uomo non fosse stato bello, mi resi conto con sgomento. Odiavo pensare alla frequenza con cui discriminavo la gente in base all'aspetto. Era positivo, riflettei, che per un qualche motivo avessi aiutato almeno una persona, per brevissimo tempo, ma...

Smettila di analizzare tutto! mi ordinai. *Fai! Agisci!*

Quando arrivai al lavoro scrissi un messaggio a Doug. Poi comprai una lozione anti-pidocchi, per sicurezza.

* * *

"Qual è la tua motivazione?" Il tono di Doug non era di sfida, solo curioso.

"Intendi… nel lavoro?" Avevo bisogno di un'entrata per pagare le bollette, chiaro.

Lui scosse la testa. "Perché cerchi di perdere peso?"

Ero sceso a 79 chili. "Be', adesso mi è più agevole camminare," risposi. "Allacciarmi le scarpe. E *mi sento meglio.*" Volevo riuscire a raggiungere l'uscita di un autobus affollato senza usare la pancia per spingere via la gente.

"Non hai risposto alla mia domanda."

Sapevo dove voleva arrivare. "Voglio fare sesso," ammisi. Ma non si trattava solo di quello. Per quanto volessi accettare il mio corpo, vedevo come mi guardavano gli altri. Non solo gli uomini gay, ma tutti. Con disgusto.

Il disgusto non è piacevole neppure se platonico. E volevo ricominciare con il sesso, sì.

"Perciò, è stata la ricompensa del sesso a motivarti, oppure la 'punizione' di *non farlo* finché non fossi passato all'azione?"

Capii perché Toby usciva dalla stanza quando le cose lo mettevano a disagio.

"Senti, Craig, le persone sono diverse e hanno motivazioni diverse. Alcune sono spinte dalla paura, altre dalla rabbia, altre ancora dalla speranza. Ecco perché non esiste un solo modo per parlare di cambiamento climatico."

Sapevo che a volte avevo una visione apocalittica. Più di una volta, Toby aveva sottolineato la mia negatività. Eppure, persino con un flusso costante di notizie terribili sul clima, continuavo a sperare che potessimo cambiare direzione. Senza quella convinzione, correre un rischio anche da poco non avrebbe avuto senso.

"Non credo nella speranza," disse Doug. "Invece sai che credo nell'azione."

"Non sono quasi la stessa cosa?"

Doug scosse di nuovo la testa. "Alla Grenfell Tower si sapeva che il rivestimento presentava dei problemi. La gente ha avuto tempo per agire. Aveva motivo di agire e prevenire una tragedia. Si poteva ampiamente sperare di risolvere il problema." Chiuse gli occhi, e lo vidi serrare la mandibola. "Invece non ha agito nessuno se non *dopo* che l'edificio ha cominciato a bruciare, causando la morte di settantadue persone. Solo *allora* le autorità hanno iniziato ad applicare i codici e migliorare le normative."

Ricordavo vagamente la notizia di qualche anno prima.

"La stessa cosa avvenuta con la Boeing," proseguì, "quando si sono accorti del problema che aveva fatto precipitare uno dei loro 737 MAX. Ne erano a conoscenza. Hanno avuto il tempo di agire, e motivo di prevenire una tragedia. Invece *non* hanno agito finché non è caduto un secondo aereo, provocando la morte di tutti i passeggeri."

Quella storia, sì, la ricordavo chiaramente. Ogni volta che prendevo l'autobus per South Park, nel primo o secondo anno in cui l'intera flotta di aerei veniva tenuta a terra, passavo accanto a campi pieni di 737 MAX richiamati.

"Ma ci sono quasi ogni giorno disastri legati al clima," dissi. "Perché nessuno agisce ancora?"

"Perché non è solo una compagnia, o addirittura un settore, che deve cambiare, ma tutto. E i ricchi hanno paura di perdere un solo dollaro."

Repressi un gemito. A volte quella faccenda della consapevolezza di classe diventava logorante.

"Craig." Doug aveva un tono serio che non gli avevo mai sentito. Lo guardai diffidente. "L'altro giorno ero a Bellingham per comprare un coltello da caccia."

"Come mai ti serve..."

"Ho incrociato un uomo e l'ho riconosciuto, era un pezzo grosso della BP."

"Gesù Cristo! Non lo avrai..."

"L'ho spinto giù dalle scale."

Oh, signore.

"Non si muoveva più, ma non mi sono fermato a controllare come stava."

Mi girava la testa. Avevo la nausea. Mi tornò in mente una scena de *La zona morta* in cui Christopher Walken fa una domanda al dottore ebreo. Se avesse potuto tornare indietro nel tempo al periodo prima della salita di Hitler al potere, lo avrebbe ucciso? Lui rispose che, in quanto medico, aveva giurato di tutelare la vita umana. Quindi sì, avrebbe ucciso Hitler.

Ma quello che aveva fatto Doug era sbagliato. Non era possibile giustificare un gesto simile.

E adesso mi aveva reso complice di un omicidio. Come minimo, di un tentato omicidio.

Mi girai, uscii dal suo appartamento senza aggiungere una parola e andai dritto a casa. Cercai online eventuali notizie sul tizio di Bellingham, ma non trovai nulla. Non contavo le volte in cui, dopo avere assistito a un incidente o visto le conseguenze di una sparatoria o di altri episodi, non avevo trovato informazioni in rete. Se non avessi constatato di persona che era successo qualcosa non ne avrei mai saputo niente.

Aprii un altro sito, trovai il numero della sede FBI locale e lo digitai sul cellulare.

"Devo denunciare un omicidio," dissi alla donna che rispose. Mi sentii venir meno. "Un atto terroristico."

***

Mi trovavo in una sala interrogatori, simile, ma non troppo, a quelle che avevo visto in TV. Per qualche motivo me l'ero aspettata più ampia. Immaginai che far provare claustrofobia alla gente avesse il suo perché.

Avevo raccontato all'agente del tizio che Doug aveva spinto giù dalle scale. Chiaro, questo voleva dire dover confessare il mio ruolo nel lasciare le scritte e la mia complicità nella faccenda della Molotov. Mi sentivo una merda a denunciare una persona che mi era simpatica, nonostante ciò che aveva fatto. E mi sentivo una merda anche all'idea che avrei potuto prevenire l'aggressione, se avessi parlato prima.

La cosa davvero schifosa era sapere che niente che facessimo o potessimo fare aveva importanza, che le forze determinate a incendiare il mondo erano così potenti che noi non potevamo che distruggerci l'anima nel tentativo di combatterle.

Mi tornò in mente il viso straziato di Eric Bana nel film *Munich*, quando fa l'amore con la moglie dopo aver scovato i terroristi che hanno ucciso gli atleti israeliani alle olimpiadi.

Ecco a chi assomigliava il senzatetto! Durante i miei recenti spostamenti in autobus avevo tenuto gli occhi aperti, ma non lo avevo più visto.

Cercai di concentrarmi sulla mia grama situazione.

Non menzionai agli agenti Jonah. Né Shawna, Miguel, Sarosh e gli altri della serata cinema.

Probabilmente in prigione non avrei avuto accesso al semaglutide, ma sarebbe stato l'ultimo dei miei problemi.

I maschi alfa, in carcere, picchiavano i sessantaduenni? Oppure non rappresentavamo una minaccia al loro dominio? Lo avrei scoperto a breve, pensai. Magari non sarei rimasto dentro a lungo, ma non ero sicuro di essere abbastanza forte da sopravvivere anche pochi mesi.

Un'altra cosa che avrei scoperto a breve.

L'agente che conduceva l'interrogatorio lasciò la stanza, e io mi chiesi se fosse stato saggio non chiedere assistenza legale. Non mi sembrava molto sensato nascondere le cose.

Be', a parte l'omissione su Jonah, Shawna e Miguel...

Qualche minuto dopo la porta si riaprì e l'agente fece entrare Doug.

Imbarazzante.

Doug si sedette al posto dell'agente, il quale se ne andò. Aspettò che la porta fosse chiusa e poi allungò la mano sul tavolo per afferrare le mie. "E così sei uno spione, eh?" disse con un sorriso fiacco.

Cosa c'era da dire? Esistevano confini che proprio non riuscivo a superare. Se questo faceva di me il vincitore dei Darwin Awards della moralità, pazienza.

"Collaboro da un anno con l'FBI," spiegò lui. "Ho consegnato due persone alla giustizia."

"Cosa?"

"Uno stava progettando una sparatoria in una scuola."

Che diavolo stava succedendo?

"Voleva lasciare ai posteri un documento programmatico in cui spiegava che il governo, con le sue politiche energetiche, aveva già deciso che quei ragazzi non meritavano un futuro, quindi perché fingersi addolorati per la loro morte?"

"Gesù."

"Gli attivisti per il clima dovrebbero cercare di salvarli, i ragazzi, non di far loro del male."

"Sei un agente?" chiesi, confuso.

"Informatore. Vogliono che individui ogni pazzo in circolazione."

Aggrottai la fronte. Non faceva parte dei pazzi pure *lui*? In fondo aveva fatto esplodere una macchina. Doveva aver mentito dicendo di avere spinto un uomo giù dalle scale a Bellingham, ma sapevo con certezza che la Molotov l'aveva accesa.

"Quindi dico cose provocatorie agli attivisti e valuto la loro reazione."

Ma questo non voleva dire che fomentava la gente? Che la spingeva alla violenza? Non si trattava forse di istigazione a delinquere? Non era pericoloso provocare le persone senza conoscerne la reazione?

"Tu sei un pesce piccolo," disse Doug. "L'FBI non ha bisogno di arrestarti. Però vogliamo che mantieni il segreto e non parli con altri. Ci riesci?"

E adesso *non* fare la spia mi sembrava la scelta peggiore.

"So che sei amico di Jonah e probabilmente di altri attivisti. Non serve che ci riferisci ogni minima cosa, ma adesso so che se qualcuno di loro ti rivelerà di progettare gesti violenti ce lo verrai a dire."

"Che cosa progettava la seconda persona che hai denunciato?" chiesi.

Doug scosse la testa. "Diciamo solo che era peggio che sparare in una scuola."

***

Ero incazzato con Doug. Ero incazzato con l'FBI. Ero incazzato con Toby, con me stesso e il mondo intero.

Dissi a Toby che forse mi stava venendo il raffreddore e che per quella sera era meglio mi isolassi. Rimasi nel mio studio a guardare repliche de *La tata*.

Come faceva una serie così stupida a risultare divertente dopo tutti quegli anni?

Ignorai un messaggio di Doug.

Risposi a uno di Jonah. "Sabato sera va bene! Non vedo l'ora." Ancora non me la sentivo di usare abbreviazioni come *bn* o *nn* o qualsiasi altra usata dalla gente normale.

A quanto pareva non ero molto bravo a adattarmi.

Il problema era che nessuno di noi, nemmeno il più intelligente e flessibile, sarebbe riuscito a adattarsi con la velocità necessaria, se volevamo sopravvivere.

Quindi, forse, la prima questione da risolvere era come velocizzare l'evoluzione.

Tempesta

In Grecia scoppiarono più di 350 nuovi incendi, la peggiore stagione mai registrata. Bruciarono vigne, pecore, capre e polli. E monasteri, case, persone.

Un poliziotto in pensione aprì il fuoco in un bar del Sud della California, uccidendo tre persone e ferendone altre. Il suo obiettivo era la ex moglie.

In Pakistan, i 10.000 abitanti di un villaggio si dovettero trasferire per via delle forti inondazioni. Altri 30.000, in Somalia e in Kenya, per le piogge abbondanti.

Alcuni studenti universitari in Uganda che protestavano contro la costruzione di un oleodotto lungo 900 miglia furono picchiati e arrestati per aver cercato di portare una petizione in Parlamento.

A Chicago, un uomo sotto sfratto urlò "Voi proteggete le proprietà, non le persone!" prima di aprire il fuoco sui due poliziotti incaricati di portarlo via. Gli agenti sopravvissero. L'inquilino no. Una lettera trovata in seguito nell'appartamento spiegava il gesto suicida: "La mia vita ormai è finita in ogni caso."

Un gruppo di sedicenti nazisti scese in strada a Orlando, Florida, intonando: "Siamo ovunque!"

Nell'ultima stagione, in quattro delle cinque colonie di pinguini imperatore studiate in Antartide non sopravvisse nessun pulcino: la banchisa su cui facevano il nido si scioglieva e sgretolava prima che fossero abbastanza grandi da poter sopravvivere all'acqua gelida.

Venne pubblicato un report che documentava gli omicidi di più di 1.900 attivisti del clima nell'ultimo decennio; alcuni vittime di sicari e criminalità organizzata, altri invece uccisi apertamente dai loro stessi governi.

Dopo che l'Iran ebbe registrato il più alto indice di calore di sempre – 70 gradi Celsius – il governo chiuse per due giorni tutte le scuole, le banche e gli uffici governativi per il protrarsi del caldo estremo.

L'aria si addensa

"Come fai a guardare film del genere?" gli chiesi. "Non ti vengono i brividi?"

Eravamo accoccolati sul divano, e Jonah mi spinse la testa sull'inguine. "Non mi spaventano affatto," rispose. "Anzi, dimostrano che, persino nelle peggiori situazioni, la gente trova il modo di sopravvivere."

Eravamo a metà di *Alive*, il film sui sopravvissuti al disastro aereo sulle Ande che, non vedendo arrivare soccorsi, sono costretti a mangiare gli amici morti. Avevo letto il libro decenni prima, da adolescente. Ma io non facevo lo steward.

"Ho guardato *Destino in agguato*, *S.O.S. Miami Airport*, *Volo 243 atterraggio di fortuna* e tanti altri." Alzò lo sguardo su di me. "Di solito gli eroi sono gli assistenti di volo." Sbatté le palpebre. "Non siamo solo bei faccini."

E bei petti villosi.

Immaginavo che guardare quei film avesse un senso, per quanto bizzarro. Non era la stessa ragione per cui io ne guardavo tanti sull'Olocausto? Perché sospettavo che prima o poi la gente si sarebbe scagliata contro "i gay", ed era utile avere un'idea di cosa aspettarsi, analizzare atti di ribellione e resistenza, studiare i modi in cui si sopravvive all'impossibile.

In quel momento, sullo schermo, tre sopravvissuti dibattevano su quale piano d'azione garantisse le chance migliori. Uno voleva andare a cercare aiuto scalando le montagne. Un altro, aspettare che qualcuno li trovasse, nonostante fossero già passati parecchi giorni e probabilmente la ricerca ufficiale fosse conclusa.

Un terzo tizio era troppo in imbarazzo per esprimere la sua opinione. "Farò qualunque cosa decidiate voi due."

Un personaggio, Nando, gli gridava contro in preda alla frustrazione. "C'è la tua vita in gioco! Uno dei due piani ti salverà e l'altro ti farà morire. Non ti importa niente di quale seguiamo?"

Di solito andavo dritto all'obiettivo, ma quella sera mi presi del tempo per scoparmi Jonah, prolungando il rapporto per quaranta minuti buoni.

Quando tornai a casa trovai Toby addormentato e Martin accanto nel letto. Doveva essere almeno la quarta volta che restava a dormire. Si erano assopiti nella posizione dei cucchiai. Probabilmente era ora che cominciassi a prestare più attenzione alla sua presenza nelle nostre vite.

Martin era alto 175 centimetri, circa sette in meno di Toby, quindi dormiva davanti a lui. Rimasi sulla soglia della camera a guardarli, sentendomi come un genitore che dà un'occhiata ai figli addormentati.

Ero felice di vedere Toby passare una bella nottata. Mi sarei premurato di alzarmi per primo al mattino e far trovare loro uova e salsicce vegane per colazione.

***

Andava fatto. A un certo punto dovevo parlare con Doug lontano dalle sale interrogatori.

"Grazie per essere venuto." Doug mi accolse nell'appartamento. Una volta chiusa la porta, mi guardò con trepidazione.

Non sapevo cosa dire.

"Sono davvero contento che mi hai denunciato." Riuscì a fare un debole sorriso. "Speravo fossi uno dei buoni."

"Ma abbiamo commesso dei reati insieme," puntualizzai. "Crimini."

Doug agitò la mano come per scacciare una mosca. "In alcuni Stati, fino a qualche anno fa era un crimine il sesso orale, persino nelle coppie etero sposate."

Avrei voluto arrabbiarmi ma ero troppo stanco. "Se inventiamo le regole strada facendo e ignoriamo quelle che non ci piacciono…"

"Cosa?"

"Non stiamo cercando di *salvare* la civiltà?" domandai. "E la civiltà richiede una serie di regole condivise."

Lui arricciò il naso. "Suppongo di sì. Ma non ci sono già doppi standard ovunque? Persino tripli, a volte. E tuttavia la civiltà c'è ancora."

Una risposta evasiva, da codardo.

"Chi ha creato la regola," continuò Doug, "secondo cui non possiamo considerare responsabili quelli che provocano i disastri climatici e uccidono altri? Chi? *Chi è* che ha stabilito questa regola?"

Mi posai entrambe le mani sulla testa, come per tenerla salda. "Non capisco. Tu segnali all'FBI la gente che cerca di compiere atti estremi, dopo avermi convinto che solo con gli atti estremi si può sperare di fare la differenza."

Doug mi prese per mano e mi condusse in camera sua.

"Sul serio, Doug?"

Quando mi sedetti sul letto tirò fuori il telefono e tornò in salotto. Lo sentii far partire la musica. Al suo ritorno chiuse la porta e si sedette vicino a me, sfiorandomi l'orecchio con il viso.

Stavo per dargli un pugno in faccia.

Be', no, sarebbe stato sbagliato. Ma…

"Craig," sussurrò leccandomi il lobo, "ci sono cose che non potevo dire in quella sala interrogatori." Mi affondò la lingua nell'orecchio e io rabbrividii.

"Per esempio?"

Doug allungò la mano e attraverso la maglietta cominciò a giocherellare piano con il mio piercing al capezzolo.

"Sono stato reclutato perché ero già un attivista," mormorò, annusandomi e strofinandomi il collo. Mi mordicchiò la spalla.

Maledetti feromoni. Erano davvero potenti.

"All'inizio pensavo che avessero ragione a prendersela con la gente pericolosa, ma non ci ho messo molto a capire che il vero pericolo consiste nel non agire."

Doug mi sfilò la maglietta. Mi spinse piano sulla schiena e si chinò su di me, leccandomi un capezzolo e poi l'altro.

"Mi sono reso conto che potevo sfruttare il mio ruolo per passarla liscia facendo cose che non avrei mai potuto fare prima." Mi infilò la lingua nell'ombelico e la dimenò. Grazie a Dio l'avevo pulito dalla lanugine.

Gli misi le mani sulla testa e passai le dita tra i capelli folti. Lui gemette.

"Posso far saltare in aria una macchina e spiegare agli agenti che dovevo dimostrare il mio valore agli estremisti, per poter scoprire chi stia pianificando atti ben peggiori."

Doug cominciò a slacciarmi la cintura. Poi aprì il bottone dei pantaloni e tirò giù la zip. Alzai il sedere in modo che me li potesse sfilare.

"Ho sparato alle gomme di un camion cisterna, a Yakima, e l'ho fatta franca," raccontò leccandomi la punta del cazzo. Mi appoggiò il viso tra i peli pubici e inspirò.

"Non ho visto notizie neanche su quello." Gli avrei tolto la maglietta ma ero troppo arrabbiato per aver voglia di soddisfarlo. Gli sollevai la testa, posizionandogli la bocca sopra il mio uccello. Lui la aprì e si calò lentamente.

Adesso toccava a me gemere.

"Utilizzo la mia copertura," disse piano prendendo una boccata d'aria, "per evitare indagini."

"Ma…" ansimai quando lui riprese a scivolare su e giù. "… comunque non puoi fare niente che sia davvero d'impatto senza che ti fermino."

Doug si ritrasse e mi afferrò il cazzo, strattonandolo delicatamente. "Non posso parlare con 'sto coso in bocca," disse continuando a carezzarlo.

"Che cosa speri di fare?" gli chiesi. Non riuscivo a tenere gli occhi aperti. La sensazione della sua mano addosso li costringeva a chiudersi.

"Un sacco di poliziotti, agenti dell'FBI e militari sono in segreto suprematisti bianchi," disse accelerando il ritmo mentre io premevo il sedere contro il materasso. "Viene naturale supporre che alcuni di noi, persino gli informatori, sotto sotto siano a favore dei diritti umani."

"Uuh."

"Ho intenzione di trovare abbastanza gente qua a Seattle per compiere almeno un'azione importante. Se poi vengo beccato, okay. Voglio fare almeno un gesto a danno dei combustibili fossili."

Mi venne in mente Jamie Lee Curtis interrogata in *True Lies*.

Doug non stava usando lubrificante e il suo sputo era ormai asciutto, ma la sua presa e il ritmo continuavano a fare miracoli. Mi bruciava la pelle, e sapevo che si sarebbe irritata, eppure continuavo a dimenarmi sul materasso, cercando di far crescere il leggero pizzicore che sentivo.

"Uuh."

"Sei con me, Craig?"

"Oh, mio Dio."

Cominciò a strattonare più velocemente. "Sei con me?"

Emettendo un forte gemito, schizzai sull'addome e sullo stomaco, fin quasi ai capezzoli. Il mio getto non andava così lontano da decenni.

Rimasi sdraiato a respirare pesantemente, guardando negli occhi Doug. Quell'uomo mi piaceva.

Perché gli umani sono tanto stupidi?

Doug passò le dita nello sperma e mi infilò le punte in bocca.

"Tu prendi le cose a cuore," sussurrò. "È l'aspetto più importante dell'audacia."

Passò il dito su un'altra parte della scia di sperma e me lo rimise in bocca. Leccai via il mio seme, di nuovo. A piccole dosi lo tolleravo, quando era un altro a darmelo.

"Non ti dirò chi altri ho vagliato," disse Doug, "ma mi consulterò separatamente con ciascuno di voi finché non elaboriamo un piano."

Ripeté il gesto con il dito e me lo fece leccare ancora.

"Ti posso dire, però, che dopo il sesso la gente racconta un sacco di cose che normalmente potrebbe nascondere." Sogghignò. "È uno dei miei strumenti preferiti."

Nel mio profilo menzionavo l'attivismo: dettaglio, immaginai, che doveva avermi reso irresistibile. Un irresistibile sospettato.

Doug scese dal letto, in pochi secondi si strappò di dosso i vestiti e si stese su di me, e nei minuti successivi si sparse il resto dello sperma sul petto mentre mi baciava. Quando infine si ritrasse, riuscii a dire alcune parole.

"A proposito di strumenti preferiti..."

Lui annuì. Allungò la mano verso il comodino, prese una bottiglietta di lubrificante e si unse. Mentre scivolava lentamente dentro di me e cominciava a pompare, cercai di pensare a un modo sufficientemente significativo per sabotare le compagnie petrolifere che mi permettesse di sfruttare le mie capacità.

Ma non ero del tutto certo di averne.

***

Non è che in giro mancassero gli uomini in cerca di sesso. Solo che la metà di loro dicevano cose tipo "Voglio essere dominato da uno che sa quello che vuole". Sapevo cosa volevo, e non era dominare. Molti profili appartenevano a uomini che dichiaravano: "Voglio dominarti". Neanche questo avrebbe funzionato per me.

E gli altri? Ponevano perlopiù limiti d'età e richiedevano partner sessuali "sotto i 60". Avevo mancato per un pelo la selezione. Altri ancora volevano uomini "in forma" o "atletici". Buona fortuna, mister. Persino nel fiore degli anni, quando ero in forma, non ero atletico.

Continuai ad ampliare la ricerca: prima uomini nel raggio di 8 chilometri, poi di 10, di 12, infine 15.

Il cruising online era frustrante, ma mi resi conto che avevo avuto una fortuna incredibile a trovare subito due scopamici entusiasti, anche se uno di loro stava per mandarmi in prigione per il resto della vita.

***

"Non dirai sul serio." Scossi la testa, e intanto tenevo le gambe sollevate per Jonah.

"So che lo vuoi," disse.

Come *faceva* a saperlo? Era un algoritmo? E su cosa avevo mai cliccato per suggerirgli l'idea?

"Ti ho visto che lo guardavi, l'ultima volta che abbiamo fatto sesso."

Come *sapeva* che mi stavo chiedendo come facesse a saperlo?

Rivestì con un profilattico la cabina e la fusoliera anteriore del suo modellino di DC9, lo spalmò di lubrificante e diresse capitano e copilota verso il mio ano.

"Problemi in vista?" chiesi.

Jonah fece di no con la testa. "Tutto liscio come l'olio."

Invece trovai i minuti successivi piuttosto turbolenti. Ma in senso buono. Anche se non sparai lontano come avevo fatto qualche giorno prima con Doug, ne rimasi colpito, e pure Jonah.

In seguito, dopo avermi schizzato il viso, lui mi scivolò sopra per ripulire fronte, naso e labbra con una leccata.

I baffi erano a prova di lingua, grazie al cielo, quindi potei continuare a sentire l'odore del suo sperma.

"Perché non annunciamo qualche allarme bomba?" domandò. "Potremmo sabotare le banche che continuano a concedere prestiti alle compagnie petrolifere. Oppure far chiudere le pompe di benzina. O gli uffici delle compagnie. Non importa. Basterebbe complicare le cose qualche ora per volta, senza mettere a rischio o danneggiare nessuno."

"Eccome se possiamo," risposi. Avremmo dovuto usare dei telefoni usa e getta, ma sembrava perfettamente fattibile.

Mi colpì il fatto che, come alcune dichiarazioni politiche ormai considerate di routine sarebbero state inaccettabili solo qualche anno prima, certe forme di protesta che mesi addietro sarebbero sembrate inappropriate erano adesso banali.

Ricordai di avere visto l'intervista a una donna che era rimasta intrappolata in un grattacielo di New Orleans per un incendio. Al principio, quando gli amici avevano suggerito di provare a calare fuori una di loro e farle raggiungere il piano di sotto sfondando una finestra, l'idea le era sembrata inconcepibile, orribile. Eppure, solo pochi minuti dopo era disposta a fare molto di più e si era lanciata, atterrando tutta rotta sul marciapiede. Era stata l'unica del gruppo a sopravvivere.

"Eccellente!" Jonah saltò giù dal letto e mi gettò i boxer. "Adesso che abbiamo deciso, guardiamo un film." Si infilò un paio di pantaloni sportivi. "Lo hai già visto *Prova a prendermi?*"

Scintille

Un uragano di categoria 4 fu declassato a tempesta tropicale prima che colpisse la California, ma causò comunque alluvioni ovunque. Un amico di Toby diede una festa a tema uragano a Palm Springs.

Migliaia di istituti del Paese si preparavano a cominciare l'anno scolastico senza un adeguato condizionamento d'aria, e in alcuni casi ne erano del tutto privi.

Più di mille incendi scoppiarono in tutto il Canada, la maggior parte andò fuori controllo, raddoppiando il precedente record annuale di acri bruciati. A Yellowknife, nei territori del Nord-ovest, erano stati evacuati quasi tutti i 20.000 residenti sull'unica strada che portava fuori città.

In collera per l'ennesima incriminazione di Trump, il floridiano Matt Gaetz invocò la violenza e la "forza bruta" come "unici modi" per ripulire Washington.

Sarah Palin insisteva a dire che la gente doveva "insorgere".

Lo sguardo torvo di Trump nella foto segnaletica innescò una serie di meme che lo paragonavano a Malcolm McDowell in *Arancia meccanica* e a Jack Nicholson in *Shining*.

La perdita di 10 miliardi di granceole artiche nel mare di Bering, lungo le coste dell'Alaska, devastarono un'industria da 200 milioni di dollari l'anno. Quasi certamente il declino era causato dalla riduzione del ghiaccio marino, essenziale per la sopravvivenza dei giovani granchi.

Gli abitanti di New Orleans vennero avvertiti che la siccità stava facendo risalire l'acqua salata dal Golfo e presto quella potabile ne avrebbe risentito. I residenti, spaventati, si precipitarono nei negozi e comprarono nel giro di poche ore quasi l'intera fornitura di acqua minerale.

Mali estremi

"Cosa ci serve?" gridò la donna con il megafono.

"Rimedi estremi!" gridò di rimando la folla.

"Perché ci servono?" urlò lei.

"Mali estremi!" tuonò la gente agitando i cartelli.

Toby e io stavamo guardando un breve servizio su una protesta per il clima a Houston. La polizia era accorsa a sparare proiettili di gomma. Due manifestanti avevano perso dei denti, un giornalista un occhio.

"Okay," disse Toby, "leviamoci il pensiero."

"Eh?"

"Stiamo per fare la chiacchierata d'obbligo ad argomento clima, no?" Sospirò.

Ne fui divertito e irritato allo stesso tempo.

"E va bene," assentii. "Ci serve un processo di Norimberga globale per quelli che hanno stravolto il clima con le loro azioni. Gli atti interni di svariate aziende di carburanti fossili dimostrano che loro *sapevano* che protrarre la produzione di petrolio avrebbe avuto risultati 'catastrofici'. Avevano capito addirittura che ciò avrebbe messo a rischio la sopravvivenza stessa della civiltà."

"Se lo dici tu."

Lo guardai.

"Stare con te è un lavoro, Craig, e sono andato in pensione proprio perché non volevo continuare a lavorare."

E io che pensavo che quel commento sul cazzo moscio mi avesse dato il colpo di grazia.

"Con te, tutto è una prova. E non importa a quale prova di moralità mi sottoponi, io fallisco sempre, perché non c'è modo di vincere. Con te è tutto un test della Kobayashi Maru."

"Ma non sono prove di moralità del tipo *War Games*," risposi. "Qua non c'è il computer Joshua a dire 'l'unico modo per vincere è non giocare'. Anzi, non giocare è l'unico modo certo per perdere."

"Ho settant'anni, Craig."

"E tutti e due i tuoi genitori hanno vissuto fino a novanta e passa."

Toby emise un gemito. "Non voglio una relazione in cui sarò sollevato quando il mio partner morirà."

Gesù Cristo. E io che pensavo che quel commento "Stare con te è un lavoro" mi avesse dato il colpo di grazia.

"Noi due vogliamo cose diverse," Mi rivolse lo sguardo più triste che avessi mai visto.

Adesso toccava a me sospirare. "Perché non chiami Martin e lo inviti a cena?" proposi. "Vi ordino una pizza, io mi berrò un frullato proteico nello studio, così potrete guardarvi qualcosa in salotto."

"Oh, Craig."

Gli posai la mano sulla spalla. "Va bene così, Toby." Lo baciai sulla guancia. "Mi sembra giusto che stasera ti godi quello che vuoi. E questo è il massimo che posso fare per dartelo."

Mi strinse in un debole abbraccio. "Vorrei che le cose fossero diverse," sussurrò.

Anche io l'avrei voluto.

***

"Basta disastri aerei, ti prego," lo pregai.

"Dura solo quarantacinque minuti." Jonah unì le mani in preghiera. In aggiunta ai film a tema aerei guardava la serie *Indagini ad alta quota*, che raccontava di incidenti (o mancati incidenti) di tutto il mondo. "Questo episodio parla di un volo Air France caduto a Toronto per una turbolenza."

I suoi amici Clayton e Ben si sarebbero finalmente trasferiti a Parigi nel giro di due settimane.

"Okay," dissi, "ma dopo voglio passare quarantacinque minuti a letto."

"Mi sembra una situazione vantaggiosa per tutti."

Io e lui ci accoccolammo sul divanetto fatto con i sedili d'aereo. Sullo schermo, il volo da Parigi a Toronto procedeva liscio, in alto sopra le nubi. Per via della posizione, equipaggio e passeggeri erano ignari del pericolo sottostante. Ma una volta scesi, il mondo per loro si trasformò all'istante.

L'aereo non toccò terra fino a metà della pista, che peraltro era la più corta disponibile, assegnata per via della direzione del vento. Il copilota stringeva così forte i comandi per resistere ai venti trasversali, che per altri tredici secondi si dimenticò di invertire i propulsori.

Al termine della pista si schiantò contro un terrapieno.

Fu allora che scoppiò l'incendio. "Non penso di riuscire a guardare." Affondai il viso nella spalla di Jonah, che continuava a fissare ipnotizzato lo schermo. Sapevo che erano attori, ma le loro urla mi straziavano comunque il cuore.

Ricordai quando da adolescente avevo visto *I dimenticati*, pellicola ambientata nella Grande depressione, su un regista che cerca di realizzare film "significativi". Scopre invece che la gente, quando soffre, ha bisogno di un motivo per ridere e scampare qualche ora alla tristezza.

"Ooh, adesso mi incazzo!"

Alzai gli occhi e vidi Jonah guardare torvo lo schermo.

"Quello stupido passeggero sta rallentando tutti, durante *un incendio*, per portarsi dietro il suo bagaglio del cavolo," ringhiò. "Priorità, gente! Priorità!"

Osservai vari passeggeri, infangati e sgocciolanti, inerpicarsi sul terrapieno mentre l'aereo bruciava alle loro spalle.

Miracolosamente, comunque, le 300 e passa persone imbarcate tra passeggeri ed equipaggio sopravvissero allo schianto.

Partirono i titoli di coda, e Jonah sospirò forte. "Visto? Ecco perché guardo questa roba."

Scossi la testa. "Non so. Sarebbe come guardare un documentario sulle malattie sessualmente trasmissibili prima di mettersi a scopare."

Jonah fece spallucce. "Probabilmente non sarebbe una cattiva idea, a dirla tutta."

Per un anniversario, Maggie mi aveva mandato un atlante a colori delle malattie a trasmissione sessuale. Un altro anno, mi aveva regalato una guida illustrata alla corretta pulizia anale.

Che dolce.

"A proposito," dissi, "forse dovrei prendere una pillola blu extra prima che andiamo a letto."

***

Dopo cena, Toby e io facemmo una breve partita a Scarabeo. Lui accese la radio su un canale di smooth jazz; sapeva che non mi piaceva ma non aveva intenzione di stuzzicarmi, cercava solo di rendersi sopportabile la serata.

"Vuoi andare a vivere con Martin?" chiesi, aggiungendo I e A alla sua parola, MASSA.

"Craig, non parliamo di divorzio."

"Non dobbiamo per forza divorziare, no? Puoi vivere lo stesso insieme a lui."

Toby studiò a lungo le sue tessere e alla fine aggiunse T A R sotto una delle S. "Sono troppo vecchio per i cambiamenti grossi."

"Anche per quelli che ti migliorerebbero la vita?" aggiunsi una E a STAR.

"Ma non sappiamo se vivere con Martin mi migliorerebbe la vita. Non so se voglio correre il rischio."

"Potresti chiedergli di trasferirsi qua temporaneamente e vedere come va. Dopotutto io sto già sul divano." Sembravano bene assortiti. Martin aveva solo cinquantacinque anni, con i capelli ancora belli colorati, se si può definire colore il grigio cenere. Però gli donava, anche se i capelli erano radi in cima. Li teneva molto corti, senza cercare di nascondere alcunché.

Apprezzavo la schiettezza.

"Ti sentiresti escluso."

"Mi sento già escluso."

Toby guardò il tabellone e aggiunse P e E in cima alla mia ultima parola.

"Eccellente!" Gli mostrai i pollici su.

"Ci penserò."

***

Spedii a Roger un biglietto di congratulazioni per aver comprato casa a Bodega Bay. Non a nord quanto aveva sperato, ma comunque una zona tranquilla in confronto a San Francisco, nonostante i fan di Hitchcock che ogni tanto ficcavano il naso in giro.

***

"Ehi, Kaymeena." Ero appena tornato dal lavoro e avevo deciso di annaffiare gli alberi e i cespugli di mirtillo davanti a casa prima di entrare. Le foglie, in parte, cominciavano ad arricciarsi. Avevamo già perso una piccola ortensia per la nostra negligenza.

Kaymeena scese dalla macchina. Aveva l'aria ancora fresca dopo una lunga giornata al lavoro. "Toby come sta?" chiesi.

"Bene. E Christopher?" Chiusi l'acqua.

"È molto contento del nostro nuovo pastore."

"Il vostro coro giovanile ricomincerà a esibirsi presto?"

Chiacchierammo ancora qualche minuto mentre l'aiutavo a prendere i bidoni dal marciapiede per riportarli a lato della casa. Menzionò di essere andata a Columbia City il giorno prima e di aver visto vari negozi con le vetrine spaccate.

"L'hamburgeria di Mount Baker aveva la porta sfondata," dissi. "Anche la banca, proprio accanto all'interscambio."

E non avevano fermato nessun sospetto, neppure per l'atto vandalico alla banca.

Che cosa diceva di me il fatto che ritenevo un segno positivo la mancanza di arresti?

"Il mondo sta diventando così perverso." Kaymeena scosse la testa. "Non vedo l'ora che arrivi la Seconda venuta." Giocherellò distrattamente con la croce che portava al collo.

A quel punto le feci un cenno di saluto ed entrai in casa, dove trovai Toby che faceva qualcosa di perverso a Martin.

Presi del frozen yogurt alla vaniglia dal freezer.

Almeno mi permisero di guardare.

***

Mi incontrai con Doug al Seward Park, timoroso all'idea di tornare a casa sua. Magari all'aperto, con la brezza, non sarei stato così suscettibile ai suoi feromoni. O alla mia irrazionale convinzione che fossero quelli la causa della mia irrazionale libidine.

"Non è una situazione temporanea da affrontare per qualche mese," disse, "mentre si aspetta di tornare alla normalità."

"Che cosa vuoi da me?"

"Il clima continuerà a degenerare ben oltre il momento in cui finalmente agiremo, sempre che lo facciamo. Non si può fermare in due secondi un treno merci da cento vagoni."

Ricordai un resoconto su un treno merci lungo un miglio con un solo conducente a bordo, senza più macchinisti a bordo. "Vuoi far saltare in aria un treno merci?"

"Craig, tu sei cresciuto con l'aspettativa di un certo stile di vita. O almeno con la convinzione che un certo stile di vita fosse *possibile* se avessi lavorato sodo e fossi stato molto fortunato." Mi tenne per mano mentre facevamo il giro intorno a quella che prima era un'isola.

"Ho fatto coming out durante l'epidemia di AIDS," gli ricordai. "Con Reagan presidente e la Thatcher primo ministro UK."

"Io sono cresciuto con l'11 settembre e *Una scomoda verità*."

A volte mi sentivo ancora un trentenne, altre un centenario. A sessantadue anni, avevo vissuto abbastanza a lungo perché tornando indietro di quattro mie vite – appena quattro! – ci saremmo trovati nel 1775, persino prima della firma della Dichiarazione d'indipendenza.

"Sono cresciuto cercando di non pensare al futuro," continuò lui. "Perché pianificare la pensione, se non credi che i politici manterranno il programma pensionistico fino a quando avrai sessant'anni?" Doug si fermò. Avevamo raggiunto la parte di sentiero da cui si vedeva Mercer Island. Probabilmente la zona più costosa, dal punto di vista immobiliare, in cui i più ricchi tra i ricchi si circondavano di un fossato formato dal lago Washington.

"Perché pianificare la pensione," proseguì, "quando pensi che non esisteranno più gli umani?"

"Non credi sul serio che ci estingueremo, vero?"

Fece spallucce. "So solo che preferirei morire piuttosto che diventare survivalista e cercare di sopravvivere al macello incombente."

Pensai agli aborigeni.

"Allora perché fare attivismo?" Mi sembrava di avere posto la stessa domanda in una dozzina di modi diversi. Ero come un malato di cancro che continua a ripetere "Perché proprio io?"

"Perché non sono *sicuro* che gli scienziati non creeranno un metodo per la cattura del carbonio. Perché non sono *sicuro* che un nuovo virus non sterminerà il 40 per cento della popolazione, dando al resto di noi umani il tempo di cambiare stile di vita." Si girò verso di me. Quel giorno aveva l'aria un po' trasandata. Non ero certo si fosse fatto la doccia, e persino all'aperto sentivo vagamente il suo odore. *Non* erano feromoni, sicuro. "Probabilmente è nel nostro DNA, sperare al di là di ogni buon senso."

Ero così stanco della speranza. Di sperare in nuove amicizie, in una salute migliore, un lavoro decente…

Ero fermo a 79 chili. Finalmente avevo raggiunto il plateau di cui avevo tanto sentito parlare. Ne avevo ancora 9 da perdere, e magari non li avrei mai persi.

Non ero sicuro che valesse la pena di provare a incrementare la dose iniettata. Di recente avevo letto di gente con lo stomaco paralizzato o altri effetti collaterali inattesi.

Ricordai una scena di *Jurassic Park* in cui gli scienziati sottolineano che quando crei qualcosa di nuovo nel mondo, non puoi mai davvero prevedere cosa accadrà.

Doveva essere vero anche nel caso della cattura del carbonio. O di qualsiasi nuova forma di energia cercassimo di imbrigliare. Oltre ai benefici che ci portava, di certo doveva avere anche effetti inaspettati. Semplicemente, come nel caso del mio peso, eravamo a un punto in cui non avevamo altra scelta che provare. Avevo bisogno del (costosissimo) semaglutide, del tirzepatide (ancor più costoso), o di un bypass gastrico.

Qualsiasi fossero gli effetti secondari, i problemi derivanti dall'inazione erano insostenibili.

"Puoi venire stasera dopo le otto?" chiesi.

"Davvero? Da te?"

"Il ragazzo di Toby passa la notte a casa nostra e ho pensato che magari dovresti farlo anche tu."

"Mmh."

"Credo che d'ora in poi dovremo cominciare a guardare *tutto* in maniera diversa."

***

Ogni tanto ci fu tensione, specie quando Martin sembrò occhieggiare Doug un po' troppo a lungo e troppo spesso. Comunque chiacchierammo tutti insieme per un'ora, ascoltando musica, e quando Toby e Martin andarono in camera, io condussi Doug nel seminterrato.

"Non usiamo l'altalena dell'amore da anni," dissi. "Però avevi ragione, riguardo alla speranza. Non ho mai avuto il cuore di separarmene, nel caso..."

"Oh, sono io il *caso!*" sogghignò Doug. "E non dire 'caso umano'!"

"No, quello sono io."

"Aiutami a salire su questo affare," disse togliendosi i vestiti.

"Vuoi fare il bottom?"

"Be', vado comunque per primo. Tu fai più gemiti se sei già venuto prima che io ti scopi."

Alla fine gemetti così forte che Toby e Martin vennero di sotto ad assistere. Finito io e Doug, presero i nostri posti e noi rimanemmo a guardare. A quanto pareva, Toby era già venuto di sopra, quindi Martin se lo scopò. Con il cazzo decisamente *non* moscio.

La sua pancia leggermente pronunciata schiaffeggiò il culo di Toby con un rumore appagante, più e più volte. Sexy da morire.

Quando finirono, ci scambiammo tutti e quattro un bacetto della buonanotte, poi Toby e Martin tornarono in camera da letto mentre Doug mi raggiungeva sul divano. Non aveva bisogno di dormire seduto, quindi mi posò la testa in grembo.

***

Per la serata cinema, uno degli attivisti portò un DVD di *The Wobblies*. Stupefacente quanto poco la scuola ci avesse insegnato sulla storia del lavoro.

Non si trattava di una svista.

"Tutti indicano sempre i francesi dicendo: 'Loro sanno come si protesta'," disse Doug. "Ma anche noi lo sappiamo. *Chiunque* è in grado di manifestare per una giusta causa."

"Condurrai da davanti o da dietro?" chiese Jonah in tono un po' troppo acuto.

Varie teste si girarono verso di lui. Da quando era cominciato l'incontro, un paio d'ore prima, aveva già fatto una serie di commenti sgarbati a Doug.

"Qualcuno ha appena piazzato bombe su una quindicina di yacht a Galveston," intervenne Shawna, probabilmente per cercare di stemperare la tensione. "Le ha fatte affondare tutte, e altre due accanto hanno preso fuoco."

"Qualcuno sa chi è stato?" domandò Miguel.

"È una risposta agli attacchi della polizia a Houston?" chiese Sarosh.

"Mi va bene condurre da davanti," disse Doug, "se voi garantite di starmi dietro."

"Che cos'hai intenzione di fare?" chiese Jonah. "Far saltare delle stazioni di servizio? Raffinerie?"

Porca miseria.

Era difficile interpretare il tono di Jonah. Non capivo se fosse sarcastico o serio, se esprimesse un giudizio o una speranza.

"Vorrai dire: che cosa *abbiamo*..." ribatté Doug.

Jonah annuì. "*Abbiamo* intenzione di piazzare bombe nelle concessionarie in modo che la gente smetta di comprare auto? *Abbiamo* intenzione di gettare ordigni incendiari contro le case dei dirigenti delle compagnie petrolifere?"

Non avevo detto una parola a Doug sui droni. Ma non ci voleva molto a scorrere la sua collezione di DVD per intuire le possibilità.

Saremmo finiti tutti sotto processo per associazione cinefila con finalità a delinquere?

"Non si ragiona con un drogato," insistette Doug. "E se il drogato in questione ha denaro, potere e leggi che lo sostengono, a noi cosa rimane?"

"Io voglio solo guardare l'Eurovision!" esclamò Miguel, imitando il tentativo di Shawna di alleggerire l'atmosfera.

"Chi fa finta che la guerra non sia reale perché non lo tocca personalmente non è diverso dai lavoratori della Mitsubishi che nell'estate del 1945 si sentivano al sicuro."

Almeno non era un paragone con Hitler.

"Di preciso, quante persone innocenti intendi uccidere per far finire la guerra?" domandò Jonah.

Doug si rivolse a me, e altre persone si girarono a osservare la scena. "Non ti viene voglia, ogni tanto, di chiudergli quella fogna con un cazzo?" chiese.

Fui il penultimo ad andarsene, quella sera. Jonah rimase anche dopo che fui uscito. Mi chiesi sinceramente se qualcuno di loro sarebbe stato ancora in vita la mattina dopo.

Calore

Negli Stati Uniti aumentarono i casi di COVID. Alcuni conducenti d'autobus di Seattle portavano ancora la mascherina, ma la maggior parte la teneva abbassata sul mento.

Milano registrò il giorno più caldo degli ultimi 260 anni.

In un Dollar Store della Florida, un uomo bianco sparò a tre clienti neri ammazzandoli.

I genitori di alcuni ragazzi uccisi da proiettili in una scuola cristiana del Tennessee vennero allontanati da un incontro pubblico per aver manifestato pacificamente a favore della regolamentazione delle armi.

Gli influencer di destra, sostenendo che la Barbie fosse troppo woke, fecero saltare in aria alcune case della bambola.

Almeno 73 persone rimasero uccise a Johannesburg nell'incendio scoppiato in un palazzo a cinque piani occupato da lavoratori indigenti.

Negli USA i decessi per Fentanyl arrivarono a quota 77.000, più del totale complessivo di quelli per incidente d'auto e omicidio. Le autorità sanitarie definirono molti di essi "morti per disperazione".

Quando un gasdotto subacqueo tra la Finlandia e l'Estonia subì danni dovuti a una "forza fisica", si sospettò il sabotaggio.

Il Canada emise un'allerta per i suoi cittadini LGBTQ diretti negli USA, avvisandoli di fare attenzione all'atmosfera e alle leggi sempre più anti-LGBTQ di quel Paese.

Un climatologo molto in vista predisse che entro pochi anni le ondate di calore non avrebbero più ucciso migliaia di persone nel giro di giorni, bensì un milione.

L'unione fa la forza

"Non voglio ferire i tuoi sentimenti," disse Toby.

Troppo tardi.

"Il fatto è che non sei... be', non sei sexy," disse. "Intendo, sei attraente ma..."

"Sì?"

"Anche quand'eri al tuo meglio, il sesso non era eccitante." Toby scosse la testa, con l'aria di chi si dispiace di non trovare le parole giuste. "Sei troppo noncurante. A me piacciono gli uomini che urlano, dicono cose sconce e si scatenano."

"E io sono troppo rilassato."

Fece spallucce.

Toby non si sbagliava. Anche se dentro di me potevo godermi alla follia un rapporto, mi rendevo conto che una delle cose che apprezzavo di più di quell'esperienza era la leggerezza. Non voleva dire che fossi sbrigativo o disincantato, o che non l'apprezzassi. Semplicemente volevo poter parlare di sesso, e farlo, nello stesso modo in cui avrei parlato di una serie TV che mi piaceva molto. Entusiasta e coinvolto, ma senza che la conversazione assumesse un peso tale da dovermi preparare mentalmente come se tenessi un TED talk di fronte a migliaia di persone.

Un rapporto sessuale amichevole, *per me*, era più sexy di uno "passionale". La condivisione occasionale di parti corporee, la vulnerabilità occasionale, l'entrare occasionale in uno spazio in teoria intimo ma che aprivamo l'uno all'altro, come estranei che si stringono la mano in chiesa.

Ricordavo una volta in cui ero entrato in ascensore alla stazione della metro Westlake; un uomo salito con me mi aveva guardato con aria interrogativa, aveva annuito come capendo che acconsentivo e mi aveva palpato per poi tirarmi a sé per un bacio. Non aveva detto una parola, le porte si erano aperte e lui se n'era andato per i fatti suoi.

Era come porgere una margherita a qualcuno che ha l'aria un po' triste, un modo amichevole per rallegrarlo.

Questo mi piaceva.

Non è che ogni incontro debba per forza avere un significato profondo.

"Toby, ti amo, ma nessuno può rappresentare tutto per un'altra persona." Era una delle ragioni per cui avevo insistito fin dall'inizio per essere una coppia aperta. Ma nemmeno quell'accordo aveva risolto il problema.

Fece di no con la testa. "Non è possibile." Guardò il telefono, anche se non aveva emesso alcun *ping*.

"E anche se lo fosse, sarebbe un fardello troppo grosso."

"Martin è fantastico," riprese lui, "ma a volte…"

Rimasi in silenzio.

Toby fece un sorrisetto timido. "Credo mi manchi il modo in cui ti inginocchiavi e mi praticavi il rimming mentre lavavo i piatti."

"Occasionale."

Annuì.

"Sono contento che tu abbia trovato Martin," dissi. "E a me piace la compagnia di Doug e Jonah, anche se non vanno pazzi l'uno per l'altro."

Toby guardò di nuovo il telefono e fece scorrere il dito, accigliandosi perché non c'erano novità.

"Voglio entrambi," spiegai, "e voglio ancora te."

Finalmente sollevò lo sguardo dal telefono.

"Vorrei che fossimo tutti amici. E naturalmente, dato che mi piace il sesso occasionale, vorrei che anche tu sentissi di poter approcciare con leggerezza Doug e Jonah, se ti va. Oppure con passione." Sempre che loro apprezzassero un approccio o l'altro.

"Non sono sicuro di come la prenderebbe Martin."

"Magari potresti chiederglielo."

Era il massimo che Toby potesse reggere per una sera, in fatto di conversazioni serie, quindi rimanemmo sul divano a guardare repliche di *The Golden Girls* tenendoci per mano. A un certo punto mi alzai per tagliare a metà una mela e la portai al tavolino su due piattini.

"Il Val St. Lambert sta bene nella nicchia della cucina," dissi addentando un pezzo della mia mezza mela.

"L'hai notato."

Finito l'episodio, Toby andò a lavare i piattini nel lavello.

Mi inginocchiai a terra dietro di lui e gli tirai giù i pantaloni sportivi. Si sporse in avanti per finire il lavaggio, canticchiando una canzone di Pink, mentre io mi occupavo di lui.

***

"Jonah è un tipo strano," disse Doug, "anche se dovrei essere l'ultimo a parlare."

"Be', stasera starai con Toby in camera da letto mentre Jonah e io ce la spassiamo con Martin nel seminterrato."

"E siamo amici?" chiese. "Scopamici? Stiamo *insieme* tutti e cinque?"

"Non ne ho idea. Stiamo creando qualcosa di nuovo, diverso da ciò a cui siamo abituati." Anche se immaginavo non fossimo i primi a provarci. Ma non è un genere di cosa che viene pubblicizzata molto.

"Niente discussioni sul clima stasera?"

"Ci troviamo in un ecosistema delicato e per il momento dobbiamo prendercene cura speciale."

Sospirò. "Allora *domani* io e te andiamo a fare spese."

Scossi la testa. "No, ci andate tu e Jonah."

"Ma guardati, il piccolo Cupido." Cominciò a canticchiare *Matchmaker*, dal musical *Il violinista sul tetto*.

"No, sono sempre bello robusto," risposi. "Comunque *l'chaim*."

Passammo i minuti successivi a esaminare le rispettive caratteristiche valutandone l'ebraicità. Un uccello circonciso aveva un sapore niente male, intinto nello sciroppo al cioccolato. O almeno così diceva Doug. Io volevo tenermi le calorie per dopo. Avevo portato la panna montata.

***

Nei pressi di Lahaina, una donna fuggita da una macchina in fiamme correndo attraverso un campo incendiato era morta settimane dopo nel reparto ustionati.

Che razza di dio aveva lasciato quella povera donna soffrire tanto a lungo per niente?

Che razza di dio lascia che la gente sopravviva quindici giorni sotto le macerie di un terremoto e poi la fa morire nel tragitto per l'ospedale?

Se c'è un dio, perché lui/lei non si cura abbastanza delle altre specie e cancella dal pianeta metà della razza umana?

Nessuno ci avrebbe aiutati a uscire da quel macello, se non noi stessi.

***

Al minimarket, un corpulento latino-americano sui trentacinque anni armeggiò a lungo con il portafogli; stava acquistando una confezione di preservativi. Dapprima pensai che non avesse soldi a sufficienza, ma poi compresi che stava tentando di flirtare. Kellyn era in pausa, quindi mi buttai e ricambiai il flirt.

"Sono della giusta misura?" chiesi strizzando gli occhi per esaminare il pacchetto. "Ne abbiamo di più grossi in magazzino."

Sbirciai in direzione della sua cintura, nascosta dal bordo del bancone.

Il cliente si irrigidì, e capii di aver esagerato.

"Potrei sempre passare più tardi da lei a controllare se le vanno bene." Una volta fatto trenta...

L'uomo si guardò nervoso in giro, poi tirò rapidamente fuori un pezzo di carta strappato su cui aveva scritto il suo nome e numero di telefono prima di venire al bancone.

Scoprii che era uno di quei tipi passionali, e non fu granché entusiasta del mio approccio rilassato. La buona notizia era che i profilattici erano davvero troppo piccoli e glielo dovetti succhiare senza.

***

"Non sono gli incendi boschivi a raggiungere i terreni privati," spiegò l'esperto di clima intervistato, *"ma incendi scoppiati su terreni privati che si propagano nelle foreste."* Sullo schermo apparve una mappa. *"La maggior parte degli incendi scoppia nelle praterie o tra la boscaglia. Sono fuochi di sterpaglie."* Comparve una clip di erba in fiamme. *"La*

gestione forestale c'entra, ma non è l'aspetto principale del problema. Questi incendi non sono alimentati da un eccesso di combustibile nei boschi, ma dal vento. Il combustibile sono le case, non i 'troppi alberi'." Ed ecco un video di abitazioni in fiamme in un fuoco boschivo. "*La gente costruisce sempre più vicino alla boscaglia, in mezzo a gallerie del vento.*" Apparve un'altra mappa. "*Aggiungiamoci il cambiamento climatico e abbiamo la formula perfetta per il disastro.*"

Toby bussò alla porta del mio studio e io chiusi con un click YouTube. "Stasera Martin vorrebbe stare solo con me. Ti va bene vedere uno dei tuoi amici?"

"Chiamerò Jonah."

***

"Doug mi ha fatto pensare."

Ero in ginocchio dietro Jonah, che stava lavando i piatti. Anche lui sembrava gradire un rimming occasionale.

"Già, è una sua caratteristica fastidiosa," dissi quando alzai la testa per prendere aria, prima di rituffarmi.

"Dice che siamo la nuova *Resistance* francese." Grugnì. "Sai che potrebbero giustiziarti ma lotti per qualcosa di più grande di te."

Continuai a lavorarmi il suo ano.

"Credo tu abbia più forza muscolare nella lingua di chiunque io conosca."

"Mi esercito." Mi rimisi all'opera.

"Stavo pensando…"

Come aveva detto prima.

"Voglio farmi il mio primo tatuaggio."

Mi ritrassi. "Davvero? E di cosa?"

"Un triangolo verde con la scritta 'Resistere!'"

Nei campi di concentramento il verde era usato per contrassegnare i criminali, ma immaginai fosse ancora valido.

Per continuare quella conversazione mi serviva la lingua, perciò mi alzai, appoggiandomi al culo nudo di Jonah. "Ma se non riesci nemmeno a guardare quando mi faccio l'iniezione."

"Una volta fatto, ho intenzione di chiedere un premio molto specifico."

"Perché, c'è qualcosa che desideri e che io non faccio già?"

Si sporse per mormorarmi nell'orecchio.

"Okay. Questa è nuova. Però ci sto."

"E *tu* ti fai un tatuaggio insieme a me."

"Ehi!"

"Ho trovato un tatuatore a Columbia City. Abbiamo appuntamento per mercoledì sera, quando stacchi dal lavoro."

"Che sfacciato sei."

Jonah mi slacciò la cintura e mi tirò giù i pantaloni. "Girati. Voglio darti un'altra occhiata al culo fintanto che è una tela vuota." Si chinò e mi toccò vari punti delle natiche. "Mmm. C'è *tanto* spazio dove scrivere."

"La pagherai per questo, mister."

"Eccome," assentì Jonah. "Pagherò il conto dei tatuaggi di tutti e due."

Non avrei davvero potuto volere premio migliore. Ciò che mi aveva chiesto era già sufficiente.

***

Il tatuatore si rivelò persino più sfacciato di Jonah. "Sicuro di volere qualcosa di permanente, che durerà *per il resto della tua vita?*"

Forse, se non avesse occhieggiato i miei capelli grigi mentre lo diceva, avrei interpretato le sue parole in modo diverso.

Ma è meglio non dare dello stronzetto al tizio che sta per punzecchiarti un migliaio di volte con un ago, quindi mi limitai ad annuire.

Jonah fu il primo, e mentre Roberto lavorava sulla parte superiore del suo braccio non emise suono, anche se digrignava i denti e vidi un paio di lacrime scorrergli sul viso.

Quando venne il mio turno e mi distesi con il sedere scoperto rivolto al soffitto, Roberto disse: "Con la pelle che ha perso elasticità ci vuole un po' di più."

Adesso avevo *veramente* voglia di dargli dello stronzetto.

Jonah mi tenne la mano senza dire una parola, non volendo distrarre il tatuatore. Mentre lavorava ascoltava musica pop spagnola, e io passai l'ora successiva o giù di lì a riflettere sulla mia vita. Non avevo contatti con i miei parenti. Al college avevo studiato Letteratura e Cinema come materie facoltative, ma avevo finito per lavorare come cassiere. Avevo fatto domanda per la facoltà di Medicina, ottenendo persino un buon punteggio al test d'ammissione, ma al colloquio il rettore mi aveva detto che non avevo la personalità giusta per diventare medico.

Era stato peggio che venire respinto per via del cazzo moscio o per una mancanza di entusiasmo a letto.

Ma probabilmente aveva ragione. A dispetto di ciò che pensava Toby, il mio punto di forza stava nel modo in cui trattavo i pazienti allettati.

Se solo ci fosse stata richiesta di escort sessantaduenni.

E io che pensavo che lottare per un'energia verde fosse un controsenso.

"Non esporlo al sole finché non è guarito," disse Roberto mettendo a posto gli strumenti.

Oh, di sicuro non avrei consigliato in giro questo tizio.

Sollevò uno specchio dietro di me e ne porse un altro a Jonah, da tenere sopra il mio viso in modo che vedessi il risultato. "*Non perdete la speranza, o voi che entrate.*" E su entrambe le natiche c'erano delle "frecce" che puntavano verso il mio buco. Frecce a forma di cazzi.

Okay, *forse* lo avrei consigliato in giro.

Johnny Townsend

Spiragli

Un nuovo report mostrò il rapido impoverimento di molteplici falde acquifere negli USA, problema diffuso anche in altri Paesi. Il fracking, naturalmente, immetteva vaste quantità di sostanze tossiche nell'acqua freatica restante.

Più di 7.000 persone rimasero bloccate al festival Burning Man dopo che delle tempeste anomale avevano causato smottamenti, bloccando le strade che attraversano il deserto del Nevada.

Nella Spagna centrale, piogge torrenziali allagarono i ponti nei pressi di Toledo; era ormai la normalità durante gli acquazzoni estivi, con l'atmosfera più calda che tratteneva maggiori quantità d'acqua.

I ricercatori notarono che i colori autunnali diventavano leggermente meno vividi di anno in anno.

Un numero sempre crescente di statunitensi erano convinti che i vaccini rendessero autistici i cani, perciò smisero di vaccinarli persino contro la rabbia.

Un partecipante a un corteo MAGA dichiarò alle telecamere che chiunque si fosse vaccinato contro il COVID non era più umano, *insinuando* quindi che uccidere un non umano non costituisse vero omicidio.

Il Canada annunciò piani d'emergenza nel caso gli USA si fossero trovati sotto un regime autoritario in seguito alle elezioni.

I lavoratori del settore auto americano scioperarono contro tutte e tre le maggiori aziende, dopo che i manager si furono alzati lo stipendio del 40%, lasciando a bocca asciutta gli operai.

Una donna, arrestata due anni prima per aver protestato contro un gasdotto in Minnesota, venne condannata a cinque di prigione per essersi seduta dentro una torretta di bambù, bloccando per breve tempo le macchine edili.

Amici fino alla fine

Avevo appena segnato il punteggio di Toby per la parola A L A K, nome di una etnia, quando Pandora cominciò a suonare *To Make You Feel My Love*. Mi alzai, inspirai e gli allungai la mano. "Mi concedi questo ballo?"

"Oh, Craig, sai che non so ballare."

"Non ti vede nessuno."

Toby guardò il tabellone dello Scarabeo e poi di nuovo me. Si alzò e mi prese la mano. Lo trassi a me e cominciammo a dondolare avanti e indietro, girando in tondo. Un tipico lento da liceo. La sua zoppia non si notava neppure.

Appoggiai la guancia alla sua. Mi sembrava di danzare con un estraneo, ma un estraneo che trovavo simpatico e attraente. Sentii una scintilla. Poi, troppo in fretta, la canzone finì e Toby si risedette. "Il tuo turno."

Y O G A. Perlomeno la Y si trovava su una casella che raddoppiava il punteggio.

Un paio di turni dopo, mentre Toby esaminava le sue tessere, mi suonò il telefono. Anche con Jonah e Doug presenti nella mia vita non ricevevo molti SMS, e nessuno di loro chiamava spesso. Magari si trattava di uno dei nuovi tizi a cui avevo scritto.

C'era sempre posto per un altro incontro occasionale che rimanga tale.

Il mio istinto fu di rispondere, ma sapevo quanto mi irritava se Toby mi abbandonava nel bel mezzo del nostro "momento speciale" per rivolgere l'attenzione ad altri, e dopo quel piacevole ballo non volevo rovinare le cose.

"Dai, rispondi," mi esortò. "Tanto io devo fare un *piss stop.*"

"Si dice pit stop."

"Tutto questo testosterone nell'aria mi peggiora la zeppola." Sparì in bagno.

Presi il telefono e lessi il nome di Jonah. "Ehilà," risposi. "Che succede?"

"Stiam precipit!"

Non ero sicuro di aver sentito bene. C'era un sacco di rumore in sottofondo e la connessione non era il massimo. "Eh?"

"Craig... siamo... tempesta tremenda. Abbiamo per... motore. Probabilm... guasto."

Balzai in piedi, come se ciò potesse migliorare la ricezione.

"Volevo tu sapes... in caso non ce la face..."

Oh, mio Dio.

"... ho spruzzato vernice nera... sull'au... direttore dell'aeroporto di Okla..."

Sussultai come se mi avessero dato un pugno nello stomaco. Sarebbe stato *quello* il lascito di Jonah al mondo?

In sottofondo sentivo urla e tonfi, forse bagagli a mano sballottati in giro. Un forte fruscio.

"Craig…"

"Prepararsi all'impatto." Decifrai a stento l'annuncio del capitano.

Poi più nulla.

"Tutto bene?" Toby mi guardava perplesso; era uscito dal bagno e si stava ancora tirando su la zip.

"L'aereo di Jonah si è appena schiantato!"

Lui afferrò portafogli e chiavi dal tavolino. "Andiamo," disse.

"Dove?"

"All'aeroporto."

***

"Grazie per essere venuto, Martin," dissi dopo che lui e Toby si furono abbracciati, con Martin che inconsciamente si alzava sulle punte in modo che Toby non dovesse piegarsi. A volte sollevava i talloni persino mentre gli parlava.

Lo trovavo un gesto adorabile e stranamente confortante.

"Figurati."

Il volo di Jonah si era schiantato a trenta chilometri circa da Oklahoma City, non molto dopo il decollo, intrappolato in una tempesta sviluppatasi rapidamente. Ci trovavamo insieme a parenti e amici di altra gente in una vasta area lounge, in attesa di conoscere altri dettagli. Per il momento sapevamo solo che alcuni a bordo dell'aereo erano sopravvissuti... e altri no.

Se Jonah stava bene, perché non aveva chiamato?

"Gli assistenti di volo hanno più possibilità di chiunque di sopravvivere," mi disse Toby mettendomi una mano sul braccio.

Non riuscivo a smettere di pensare alle ultime parole di Jonah. Che epitaffio.

Perché aveva chiamato me e non sua madre? Erano in contatto. Perché non uno dei suoi amici di lunga data?

Perché aveva telefonato proprio a *me*?

Una parete della lounge era tutta vetri, e il calore del sole si riversava dentro. Era soffocante, persino con l'aria condizionata.

Un singolo disastro climatico è un evento negativo ma non la fine del mondo. Proprio come una singola goccia d'acqua non è niente di che, eppure esiste la tortura della goccia cinese. Ed esistono le alluvioni.

Ogni soluzione praticabile alla crisi climatica prevedeva l'eliminazione del capitalismo. Ma dovevamo aspettare di adottare il socialismo per compiere azioni significative? E se ci fossero voluti altri cinquant'anni?

Martin mi porse una bottiglietta di tè senza zucchero. Non gli avevo mai parlato del mio diabete, ma a quanto pareva l'aveva fatto Toby.

L'attesa diventava snervante. Vedevo gli addetti prendere da parte una moglie o un padre e poi condurlo via, e l'espressione del malcapitato toglieva ogni dubbio se la notizia fosse buona o cattiva. Finalmente un uomo si rivolse a noi. "Parenti di Jonah Borgonia?"

Balzai in piedi e lo seguii, Jonah e Martin poco distanti.

"Il signor Borgonia ha riportato ferite lievi ed è ricoverato in un ospedale di Oklahoma City," riferì un funzionario della compagnia aerea dopo averci portati in un ufficetto.

Toby mi strinse la mano sinistra e Martin la destra. Lo conoscevo appena, eppure era lì a sostenermi.

Ricordai la scena di *Starman* in cui l'alieno spiega a Karen Allen ciò che preferisce della razza umana: "Date il meglio di voi nelle situazioni peggiori."

Anche quel film parlava dello schianto di un velivolo. Mi chiesi se Jonah avrebbe voluto vederlo.

Non riuscimmo a ottenere altri dettagli sulle sue condizioni, ma ci dettero i contatti dell'ospedale, poi Toby, Martin e io andammo a casa. Dopo settimane che riflettevo su quella possibilità, decisi di cercare di dormire sdraiato.

Toby dormì al centro.

***

"Doug, ho da fare una cosa per cui non mi denuncerai, ma per cui *dovresti* farlo."

"Maledizione, Craig. Non avevo neanche sentito la notizia." Mi abbracciò di nuovo. "Perché non mi hai chiamato?"

"Stavo vivendo un momento di affiatamento con Toby e Martin." Scossi la testa. "Però avrei dovuto almeno scriverti." Sospirai. "A volte non vorrei averti nella mia famiglia, ma senza dubbio ne fai parte."

Doug sbatté le palpebre e mi strinse di nuovo.

"Che cosa vuoi fare?"

Stavo mettendo tutto in un calderone, lo sapevo. La morte di Maggie. Le mie turbolente relazioni. L'invecchiare. La politica. Il clima. Era da un centinaio d'anni che gli aerei cadevano durante le tempeste. Quell'incidente nello specifico non era per forza legato al disastro climatico.

Eppure nella mia mente era innegabile.

"Quanti droni hai?"

"Cinque."

"E hai accesso a delle bombe, no? O lo dicevi solo per testare la mia reazione?"

Doug sbatté di nuovo le palpebre. "Ce l'ho."

"Be', ho fatto ricerche online. C'è una petroliera vuota, ancorata a Tacoma. Assicuriamoci che non trasporti mai più petrolio."

***

Prima del suo ultimo volo, io e Jonah avevamo condiviso il premio per esserci tatuati. Lui aveva invitato a casa sua due amici steward e aveva chiesto loro di schizzargli nel culo e di fotografare me che gli leccavo via lo sperma.

I gay sono tipi strani.

Grazie a Dio.

Uno degli steward non era nemmeno gay. È la solidarietà, suppongo, a tirare fuori il meglio dalla gente.

La sera prima avevo passato un paio d'ore a selezionare le migliori foto mie, sue, delle nostre varie parti del corpo e di una moltitudine di interazioni sessuali; poi avevo ordinato dieci passaporti falsi, cinque per ciascuno. Potevamo usarli per altri giochi a tema aereo, una volta che lui si fosse rimesso.

Mi avrebbero concesso le visite coniugali in carcere?

Dovevo distogliere il pensiero dall'imminente assalto alla nave a Tacoma, e mentre tornavo a casa dal negozio comprai dei tacos da un venditore di strada. Io avrei potuto mangiarne uno, assumendo qualche capsula extra di fibre, e Toby, che amava la salsa piccante, tre.

"Al supermercato mi sono messo in fila alla cassa automatica," disse Toby, "ma non è successo niente. Cosa dovevo fare?"

Era passato tanto tempo dall'ultima volta che aveva scherzato con me. Non era mai stato granché brillante, ma apprezzavo lo sforzo.

E anche se a me non piaceva la salsa piccante dei tacos, più tardi mi assicurai di versarmene una dose in bocca prima di praticargli rimming. Toby mostrò entusiasmo a sufficienza per entrambi. Avrei dovuto dire a Martin di tenere qualche bustina a portata di mano nel loro comodino, per le occasioni speciali.

Fuoco e pioggia

In Azerbaijan, un'esplosione in un deposito di combustibili uccise almeno 170 persone.

Le grandinate sfondarono parabrezza e danneggiarono tetti in tutta la zona del Texas centrale.

Le autorità della contea di King, nello Stato di Washington, chiesero ai residenti di conservare l'acqua, spiegando che al momento le piogge totali nell'area erano sotto di 65 centimetri rispetto alla normale portata annuale.

A New York, Trump venne condannato per frode, multato per 250 milioni di dollari, e gli vennero tolte tutte le licenze commerciali. Come reazione, fece un servizio fotografico nel South Carolina in cui lo si vedeva comprare un'arma presso la stessa catena in cui un suprematista bianco aveva acquistato quella che aveva usato per uccidere tre persone di colore. In quanto imputato di reato federale, Trump non aveva il permesso legale di acquistare un'arma.

In centinaia saccheggiarono dozzine di negozi a Philadelphia, per due notti di fila.

In Colorado, una deputata repubblicana, colta a palpare in pubblico l'uomo che era con lei, chiese al Congresso di ridurre a un dollaro lo stipendio annuale della segretaria aggiunta alla Difesa perché trans.

Più di 82.000 lavoratori della Kaiser si stavano preparando a scioperare per l'adeguamento del personale e altre questioni.

Il drastico aumento di decessi tra le balene grigie venne collegato alla riduzione del ghiaccio artico.

Si può andare solo giù

Non ero sicuro se fossi o no complice. Sarebbe stato Doug a mettere in pratica l'affondamento, ma l'avrebbe fatto dietro mia richiesta.

Il trucco, naturalmente, stava nel far sospettare l'FBI di qualcuno che non fosse lui (e che non fossi io) *nonché* nell'evitare che gli agenti gli chiedessero di indicare un altro colpevole. Sarebbe stato fantastico riuscire a incolpare del gesto qualche terrorista della destra nazionale. Di certo non mancavano i terroristi, nel Nord-ovest del Pacifico. Ma si scoprì che i cattivi eravamo *noi*.

Difensori della libertà o leader della ribellione?

Mi vennero in mente le adolescenti olandesi che adescavano i soldati tedeschi per ucciderli. In Olanda, persino i bambini giocavano in strada per tendere agguati ai soldati e ucciderli.

La storia è scritta dai vincitori.

Mi chiesi se sarebbe rimasto *qualcuno* nelle condizioni di scriverla, cinquanta o cent'anni più avanti.

Portai con me il telefono di Doug mentre vagavo per Beacon Hill e lui andava a Tacoma, sperando di fornirgli almeno una parvenza di alibi. L'unico modo per non stressarmi fino a farmi venire un infarto era accettare di essere beccati. Valeva comunque la pena di tentare di coprire le nostre tracce, ma era meglio non illudersi che avremmo avuto successo.

In seguito mi incontrai con Doug nei pressi della metro leggera e gli ridiedi il telefono, ma non parlammo di quel che aveva fatto. Si avviò verso casa e così feci anch'io.

Toby mi aveva lasciato un sacchetto di arachidi bollite. Avrebbe passato la nottata a casa di Martin in modo che potessero urlare in camera da letto senza disturbarmi.

A me non dispiaceva sentirli urlare.

***

"Ho caricato il video," disse piano Doug, abbracciandomi. Eravamo in camera sua, i telefoni riposti in una scatola in salotto e la musica che copriva i nostri sussurri.

"Ti sei filmato mentre commettevi un crimine?" Non poteva dire sul serio. Perché mai allora ci prendevamo la briga di sussurrare?

"Ho cinque droni," rispose sottovoce. "Quattro hanno portato le bombe e una riprendeva l'evento. È importante che la gente veda l'azione… in azione."

"Ma… ma…"

"Sono sicuro che il video non sia ricollegabile a me. Ho imparato a gestire queste situazioni, per forza di cose."

La gente di solito non se la cava bene da subito nei compiti che richiedono un percorso di apprendimento, e vista la portata del reato, probabilmente eravamo spacciati.

E per restare in tema, avevo appena ordinato il libro *We're Doomed. Now What?*, ma avevo troppa paura di leggerlo.

"Guardiamolo, ma commentando come fossimo davanti al notiziario."

Feci un respiro profondo e seguii Doug al divano. Tesi l'orecchio, pronto a cogliere il sopraggiungere di una squadra SWAT, ma non sentii niente, e presto sullo schermo comparve l'immagine di un'area industriale. Ecco lo stretto di Puget, sempre splendido, con le isole a ovest coperte d'alberi, e a est ciò che sembrava un porto brulicante di attività.

L'obiettivo del drone mostrò cinque lunghe insenature che si estendevano dal mare e due più piccole. La più lunga sembrava un fiume. Ricordai vagamente un contenzioso con la tribù dei Puyallup, che alla fine avevano vinto la causa legale, anche se non rammentavo con esattezza che cosa riguardasse. Forse un gasdotto che attraversava il loro territorio?

Le presenze più evidenti nel porto non erano le navi, ma le gru torreggianti sull'argine dei canali. Dovevano essere alte tra i 90 e i 120 metri, alcune dipinte di verde, altre di arancione. Distese di gru che svettavano come edifici di quaranta piani. Nessuna pareva in uso, ma quasi certamente servivano a caricare e scaricare navi porta-container.

Tre di tali navi erano in bella vista. Due sembravano ospitare trecento container ciascuna, un'altra almeno ottocento. E per quanto fosse alta, carica di strati su strati di container, le gru torreggiavano comunque più in alto. Un rimorchiatore stava trainando una delle navi, anche se non riuscivo a immaginare come facesse una barchetta ad avere il minimo impatto su un'imbarcazione centinaia di volte più grossa.

Far saltare in aria una petroliera avrebbe compromesso ben altro che il business delle fonti fossili.

Il porto era più ampio di come l'avevo immaginato, migliaia di acri, senza dubbio. Vidi silos per il grano e parcheggi pieni di auto d'importazione, edifici simili a fabbriche. Binari ferroviari trasportavano merci da e verso le navi. E sembrava esserci una raffineria di petrolio, proprio lì all'interno della proprietà. Vedevo almeno due dozzine di enormi serbatoi di stoccaggio.

Stavo per fare una domanda a Doug quando sul ponte di una nave ormeggiata in uno dei lunghi canali ci fu la prima esplosione. Fu seguita un momento dopo da una seconda e poi da un'altra. Non sapevo a che genere di bombe avesse accesso lui o che carico potesse portare un drone, ma nel giro di pochi secondi dalla nave si alzarono nubi scure e spuntarono fiamme. Assistetti ad altre esplosioni a bordo: il fuoco si stava sprigionando verso dei motori vulnerabili o serbatoi o qualsiasi oggetto infiammabile si trovasse lì.

Avevo avuto a malapena la forza di guardare online l'ubicazione della nave, ma mi resi conto che in futuro, se mai avessimo compiuto un'altra azione dimostrativa, avrei dovuto fare più ricerche. Non avevo la minima idea di cosa stessimo facendo. Ero come un bambino in campeggio, che getta un sasso nel buio sperando di colpire il mostro dei boschi.

Guardai le persone fuggire da una parte e dall'altra, alcune correvano giù dalla nave, altre si gettavano in acqua. Si alzarono altre fiamme, un altro sbuffo di fumo. Pregai disperatamente che non ci fossero feriti.

Come facevano i CEO delle compagnie petrolifere a guardarsi allo specchio, giorno dopo giorno?

Osservai macchine e furgoni precipitarsi in zona. Dei lampeggianti segnalarono che una delle centrali dei pompieri portuali stava rispondendo all'emergenza.

Due elicotteri arrivarono sulla scena da qualche punto a est.

E poi nei pressi della raffineria una quarta bomba esplose su uno dei serbatoi di petrolio più grossi. Mi tornò in mente l'esplosione a Beirut di qualche anno prima.

Vidi mentalmente la mia vita dietro le sbarre. Mi vidi malmenato nelle docce. Vidi le guardie che prendevano una mazzetta per inscenare il mio suicidio.

Ma oltre al terrore assoluto provai anche euforia.

Distruggere una singola nave, quando in giro per il mondo c'erano migliaia e migliaia di petroliere, era un gesto ridicolo nella sua futilità. Eppure l'avevamo fatto. Qualsiasi cosa fosse successa, *l'avevamo fatto*.

Un oggetto si avvicinò all'obiettivo, e il bagliore proveniente da uno degli elicotteri si ingrandì. A quel punto il video terminò.

Guardai Doug, che guardò me. Nessuno dei due disse una parola. Ma mi sentivo più vicino a lui di quanto lo fossi mai stato a qualsiasi partner, per quanto bello il sesso o appagante la relazione.

Sì, *quello* era un incontro passionale. Di colpo capii cos'era che Toby non riceveva da me.

E mi sentii profondamente grato del fatto che adesso ci fosse Martin nella sua vita.

***

Jonah sarebbe tornato due giorni dopo. Quando gli avevo parlato, dopo aver mangiato la mia ultima arachide molliccia, non avevo menzionato l'affondamento della nave, e lui neanche. Forse non ne aveva sentito parlare. E avevamo un sacco di altre cose di cui discutere.

"Non è che non voglio parlare dell'incidente," mi disse dal suo letto d'ospedale. "Solo che in TV è diverso. Nei film senti quel che dicono i piloti, vedi che strumenti tentano di usare e ciò che succede ai controllori di volo. Sai cosa fanno gli steward, i passeggeri. Invece, quando accade nella realtà urli qualche ordine e poi… ti reggi forte e ti schianti."

"La prossima volta guardiamo un film che parla di un incidente in mare," gli dissi. "Ho il DVD di *La crociera del terrore*."

Jonah rise, poi però emise un gemito. "Ahi, che male." Ridacchiò di nuovo. "Grazie."

"Suppongo che per un po' le nostre vite sessuali saranno arricchite da un nuovo kink," dissi con nostalgia.

"Un kink. Mi piace l'idea."

Jonah si sarebbe ripreso. Chiaro, non avrei mai potuto dirgli che cosa mi aveva ispirato a fare, non senza compromettere la sua libertà. Però ero felice, a prescindere dalle possibili conseguenze per me.

Avevo insistito perché Doug facesse il mio nome agli agenti, se si fossero insospettiti troppo, e perché dicesse che aveva aspettato solo per essere sicuro. Aver già vissuto una bella vita presentava un vantaggio: non avevo *bisogno* della libertà.

"Quando te la senti," gli dissi, "passerai un'altra notte con Toby, Martin e me."

"E Doug, presumo. Stiamo per trasferirci in un villone con cinque camere da letto?"

"Non vivremo mai tutti insieme. Francamente, non credo neppure che sia una buona idea per due partner vivere sotto lo stesso tetto. Ma una volta ogni tanto avremo voglia di passare una nottata nello stesso letto. Per tenere i contatti, diciamo."

"Sono ancora abbastanza dolorante."

"Non dirlo al mio culo."

"Okay, ora sono di nuovo interessato."

Ridacchiai per un attimo, ma poi tornai serio. "Grazie, Jonah," gli dissi. "Davvero."

"Per cosa?"

"Per essere sopravvissuto."

***

Martin e io andammo a prendere Jonah all'aeroporto. Toby aveva una visita medica. Jonah era senza bagaglio, quindi tornammo dritti al parcheggio. Aveva un livido sulla guancia sinistra, e una benda gli copriva parte della fronte. Aveva delle lesioni interne, ma ormai si erano stabilizzate e poteva camminare. E il braccio sinistro ingessato.

Non se l'era rotto nello schianto: mentre accompagnava gli altri allo scivolo, un passeggero lo aveva urtato con una valigia e lui era volato giù dall'aereo, mancando lo scivolo.

Jonah baciò entrambi, anche se il bacio che diede a Martin fu più esitante.

"Come sta la nostra star in ascesa?" chiesi.

Jonah aggrottò la fronte. "Ti ho già detto che mi farò tatuare un drago sul cazzo?"

Martin tossì, forse soffocato dalla propria saliva.

"Ehm, no." Comunque buono a sapersi. "Pare che comparirai in uno dei futuri episodi di *Indagini ad alta quota*."

Si guardò istintivamente l'ingessatura. "Avrò un po' di cose da dire sulle procedure di evacuazione, *nonché* sui gas serra che le renderanno sempre più frequenti nei prossimi anni."

Alcuni sponsor hanno il potere di far tagliare commenti del genere, ma non sarebbe servito a niente menzionarlo in quel momento.

Arrivati all'appartamento di Jonah, salimmo tutti insieme. Gli lessi il sollievo sul viso appena si ritrovò in un ambiente familiare. "Voi due, vi lascio a conoscervi meglio," dissi. "Io torno a casa in autobus."

Martin guardò Jonah, poi me e poi ancora Jonah. "È una situazione così strana," disse. "Però mi piace."

Jonah sorrise. "Sei diventato anche tu steward, eh, Craig? Ci hai aiutati a superare la turbolenza."

Diedi di gomito a Martin. "Chiedigli che cosa gli piace fare sul divanetto."

"Dubito che mi serviranno molti tentativi per indovinare."

Jonah si finse indignato, ma riuscì a mettersi solo una mano sul fianco. "Stai dicendo che sono *prevedibile*?"

A quel punto li lasciai a fare qualcosa di imprevedibile e andai a casa. Prima, per il puro piacere di farlo, mi fermai da Safeway e comprai dei garofani gialli. Il colore preferito di Toby.

Quando tornò a casa, mezz'ora dopo di me, aveva in mano un piccolo bouquet di gerbere viola. Me le porse con un'alzata di spalle. "Ho pensato che ci serve un tocco gay in casa."

In seguito gli feci un pompino, mentre lui, allungando le mani sopra di me, si preparava un panino per pranzo.

Penso che la bottiglietta migliore da cui spremere la salsa l'avessi io.

Terrorismo

In Grecia, le piogge torrenziali trascinarono in mare auto e bus. Poi si spostarono verso est colpendo Turchia e Bulgaria; fu una delle peggiori inondazioni della storia dell'Est.

Una pesante alluvione uccise dozzine di persone in Brasile.

Hong Kong subì le precipitazioni più intense mai registrate in 139 anni.

Un ex candidato presidenziale repubblicano affermò che se la sinistra avesse vinto, le imminenti elezioni sarebbero state le ultime determinate dal voto anziché dalle pallottole.

L'uragano Lee passò da tempesta di categoria 1 alla 5 in meno di ventiquattr'ore.

Per la prima volta da quando gli esseri umani avevano iniziato a tenerne traccia, si formò nello stesso anno una tempesta di categoria 5 in ciascuno dei sette oceani tropicali.

In Libia, più di 11.000 persone annegarono durante il cedimento di due dighe dovuto alle forti piogge.

Con il giugno, il luglio e l'agosto più caldi mai registrati, la Terra aveva appena avuto l'estate più calda di sempre nell'emisfero nord, e l'inverno più caldo di sempre in quello sud.

I giovani fecero fronte comune e chiamarono in giudizio trentadue governi della Corte europea dei diritti dell'uomo per aver mancato di affrontare il cambiamento climatico.

Dopo una seconda tornata di alluvioni devastanti nel giro di poche settimane, il governo greco dichiarò che adattarsi al cambiamento climatico era diventata la priorità nazionale.

Poi portò la settimana lavorativa a 78 ore su 6 giorni ed eliminò le pause, in modo che i cittadini fossero troppo stanchi per opporsi o lottare per una causa.

Giornata al parco

"Non è troppo tardi per iscriversi a un club del libro e cominciare a vivere con lentezza." Doug mi guardò cercando di mantenere un'espressione neutra.

"Oh, io credo di sì." Forzai un sorriso che non mi veniva dal cuore.

"Sicuro di volere già compiere un'altra azione?"

"L'FBI potrebbe essere sul punto di arrestarci per Tacoma in questo preciso momento." Quella mattina avevo visto il video di alcuni attivisti in un Paese europeo – forse la Germania? – colpiti con i cannoni ad acqua; un getto pressurizzato così potente che due di loro avevano finito per riportare danni ai reni.

"Non ho più droni," rispose Doug, "e non possiamo farci vedere a comprarne di nuovi così presto."

Non sarebbe stato bello, pensai, se uno dei suoi contatti all'FBI avesse già capito che i responsabili eravamo noi e ci stesse proteggendo di sua iniziativa? Se mai c'era stato un tempo in cui il successo dipendeva dallo sforzo comune, era quello.

Doug e io ci riempimmo di volantini gli zaini e prendemmo la macchina in direzione Georgetown. Parcheggiammo dietro l'angolo dello studio dentistico, situato nell'ex sede del comune. L'edificio era così vicino al Boeing Field da avere un lampeggiante in cima che avvisava gli aerei di non volare troppo basso.

Quel giorno non avremmo diffuso nulla di provocatorio, nessun appello alla violenza né attacchi alle infrastrutture dei combustibili fossili, solo un foglio di carta da stampante diviso in quattro. Tre delle sezioni mostravano semplici, chiare foto: una chiesa bruciata, un corpo che galleggiava a faccia in giù in una città allagata, e un bambino, derelitto e affamato, con le costole sporgenti. L'ultima sezione presentava tre richieste:

Non lasciare che i ricchi arrostiscano il pianeta

Agisci: le azioni contano

Non lasciare la soluzione agli altri

Naturalmente, qualsiasi soluzione che non fosse la completa transizione dai combustibili fossili, incluso il nostro gesto di quel giorno, era destinata al fallimento. Dovevo immaginare quei minuscoli tentativi come chiodi in un edificio di cento piani. Non era il singolo chiodo o vite o copri-interruttore a costruire la struttura, ma affinché l'edificio potesse essere funzionale e aprire infine al pubblico bisognava inserire ogni componente nel posto giusto al momento giusto. Quel giorno avrei quasi avuto voglia di agire insieme a Jonah. Doug poteva compiere qualcosa di più audace. Ma Jonah, ancora in malattia, era impegnato con i sindacalisti a tentare con tutti i mezzi di ottenere un contratto migliore. C'era una miriade di problemi al mondo da affrontare. Ed erano state proprio le problematiche lavorative a farci conoscere.

Doug e io ci incamminammo su Ellis avenue, cacciando volantini nelle cassette della posta. Tecnicamente era contro la legge. Avremmo dovuto infilarli nelle fessure delle porte o metterli arrotolati tra la maniglia e la porta. Ma così continuavano a cadere a terra e volare via. Faceva caldo quel giorno, con un vento più secco della mia pelle. Sembrava inaridirsi con maggior facilità man mano che invecchiavo.

Dopo il primo isolato imboccammo una stradina laterale e poi tornammo sulla Flora. Tirai fuori la lozione corpo.

"Ti porti la lozione nel marsupio?" chiese Doug.

Feci spallucce. "Non mi va di ritrovarmi in un bagno pubblico insieme a un cazzo promettente senza aver modo di prenderlo."

Me ne misi un po' sul viso e sulle mani prima di offrire la bottiglietta a lui. Lasciai che mi massaggiasse la lozione su fronte e guance mentre io picchiettavo quella che si era sparso in faccia a chiazze.

"Riesci a trasformare le azioni più ordinarie in..."

"Sì?"

"Stavo per dire 'in qualcosa di sessualmente eccitante', ma non è del tutto vero. È più qualcosa di..."

"Intimo?"

Doug sorrise.

Dopo che finimmo di riempire le cassette della Flora Avenue ci spostammo sulla Carleton e indietro di nuovo. Poi risalimmo la Corson. Avevamo in programma di battere in lungo e in largo tutte quelle strade isolato dopo isolato, spostandoci in giù con la lentezza di un granchio fino a Marginal Way. Avremmo impiegato qualche altra ora.

"Fermiamoci a Oxbow Park per una pausa acqua."

Ci sedemmo su una panchina tra il cappello da cowboy e gli stivali, entrambi giganteschi. Ricordai quando da bambino guardavo la serie *La terra dei giganti*.

"Siamo terroristi stocastici?" gli domandai.

"Perché speriamo di ispirare la gente ad agire da sé, intendi?"

"Stamattina ho visto la notizia di una persona che ha sparato ai parabrezza delle auto in una concessionaria del Texas."

"Senza lasciare nessun messaggio?"

Scossi la testa.

"Preferisco il termine 'attivismo stocastico'." Doug bevve un altro sorso d'acqua.

Certo, la terminologia usata non cambia i fatti, non più di quanto le pubblicità delle compagnie petrolifere basate sul greenwashing riducano le emissioni.

Tutti, pensai, abbiamo bisogno di qualche illusione nella vita. Il fatto che riuscissi a fingere che le nostre azioni contassero qualcosa non era tanto diverso dalla convinzione di una persona religiosa di andare in paradiso. Cosa possiamo chiedere alle nostre convinzioni, se non di aiutarci a superare le difficoltà della vita?

"Credo..."

All'improvviso, la terra tremò con violenza tale che inciampai e mi risedetti sulla panchina per evitare di cadere. Un terremoto? Erano passati più di vent'anni da quando era capitato l'ultimo grosso, non molto prima che io e Toby ci mettessimo insieme. Le finestre degli edifici nei paraggi vibrarono. Gli antifurto delle macchine cominciarono a ululare. Un boato portentoso riempì l'aria.

La terra smise di tremare, ma il boato continuò.

Doug e io balzammo in piedi e guardammo in direzione del suono. Enormi nubi scure fluttuavano sopra di noi e verso la superstrada. Si era schiantato un aereo, mancando la pista di atterraggio? Non poteva esserci notizia peggiore da dare a Jonah.

"Dev'essere deragliato un treno!" urlò Doug. Le persone stavano uscendo dalle loro case e guardavano verso il punto del cataclisma.

Mi venne in mente allora che tra il Boeing Field e la superstrada passavano i binari della ferrovia, e visto il colore del fumo, doveva trattarsi di un treno che trasportava petrolio. Provai sollievo per il fatto che non era un aereo, e poi senso di colpa per aver provato sollievo.

Mi chiesi se Doug avesse piazzato una bomba sui binari senza dirmelo.

No, nel bene o nel male, avrebbe voluto informarmi.

Volevo vedere con i miei occhi, fare giornalismo partecipativo, magari scattare qualche foto con il telefono e usarla come dimostrazione di uno dei pericoli più comuni del trasporto petrolifero.

Chi avrebbe mai dimenticato gli orrori di Lac-Mégantic?

"Il fumo è tossico," disse Doug. "Faremo meglio ad andarcene."

"La tua macchina è di là." Indicai verso i nuvoloni neri.

"Troppo tardi ormai per preoccuparcene." Additò un punto e ci incamminammo rapidi verso Marginal Way, senza smettere di infilare volantini nelle cassette. Non avevamo percorso neanche mezzo isolato, però, che sentimmo varie altre esplosioni.

Tre auto che si allontanavano dal deragliamento ci superarono a gran velocità. Poi altre due. Altre tre. Il fragore delle fiamme era assordante, anche a quella distanza. E le urla.

Perché la gente urlava?

"Craig," mi disse Doug, con voce così sommessa che lo sentivo a malapena in mezzo agli altri suoni, "*Georgetown* sta andando a fuoco."

Adesso non vedevamo solo il fumo nero. Le fiamme si stavano diffondendo a nord e sud, coprendo almeno tre o quattro isolati, e si levavano sopra gli edifici tra noi e il luogo del disastro. Sentivamo clacson, sirene, camion che sfrecciavano lungo una strada vicina. E ancora urla.

La gente stava fuggendo dall'incendio e veniva verso di noi.

Ci trovavamo nel cuore di una grande città. Non saremmo bruciati. Quello non era il quartiere francese di New Orleans nel 1788.

In aggiunta a tutto il resto, sentii uno scoppiettio. Percepii l'odore del fuoco che si avvicinava. Il vento aveva guadagnato forza.

Doug si tolse di dosso lo zaino e lo gettò a terra, e un attimo dopo mi aiutò a togliere il mio. Ci unimmo agli altri gruppetti di pedoni e cominciammo a correre.

Avrei voluto telefonare a Toby, a Jonah. Come aveva fatto a chiamarmi mentre l'aereo precipitava? All'improvviso mi commossi capendo lo sforzo che doveva essergli costato.

Doug mi tirò per il braccio, esortandomi ad accelerare, ma ero troppo vecchio e grasso. Mi venne in mente che le persone decedute a Lahaina erano in buona parte anziane.

"Non mi aspettare, Doug." Con la mano gli feci cenno di andare. Lui scosse la testa e continuò a tirarmi. Ci passò a fianco un bambino in bici, seguito da un adolescente sullo skateboard. Un uomo nero sulla trentina trotterellava come se non avesse fretta.

Io però mi dovetti fermare un secondo a riprendere fiato. Quando mi girai a guardare vidi che gli edifici appena oltre il parco erano in fiamme. Il cappello da cowboy prese fuoco davanti ai miei occhi.

E le fiamme si muovevano *rapide*. Il tempo caldo e secco e migliaia di galloni di petrolio di certo non avrebbero aiutato a smorzarle.

Doug mi afferrò di nuovo e ripartì. Lo seguii più veloce che potevo. Morire per un attacco di cuore sarebbe stato mille volte meglio che ardere vivo, ed ero in grado di spingermi al limite. Corremmo per un altro isolato e un altro ancora.

Una latino-americana robusta si trascinava e correva a tratti, rimanendo indietro rispetto a una donna bianca corpulenta che a sua volta non se la stava cavando granché bene. Due adolescenti nere le superarono continuando la loro fuga.

Un ragazzo nero si fermò per aiutare la donna latino-americana.

Mi sentivo bruciare i polmoni, avevo male al fianco. Stava per venirmi un crampo ai muscoli delle gambe. Ricordai la frustrazione provata da Toby per le mie contratture. Doug non diceva niente, per non sprecare forze parlando. Gli altri avevano smesso di urlare, ormai troppo concentrati sui propri sforzi. Non passavano più auto. Chi poteva farlo era già saltato in macchina e fuggito.

Mi tornarono in mente le ultime immagini di Maggie. Gli ultimi suoni.

Sentivo ancora il boato del fuoco dietro di noi, il martellare di piedi sull'asfalto, gli sbuffi e i sussulti della gente in fuga per salvarsi. Se c'erano altri suoni, non me ne accorsi.

A parte il sangue che mi ronzava nella testa. Stavo per avere un ictus. Magari sarebbe stato peggio che bruciare vivo. Le gambe stavano per cedere, ma continuai a correre.

Quando sarebbe arrivato il momento di arrendersi?

Finalmente io e Doug raggiungemmo Marginal Way. Lì il traffico era ancora fuori controllo, con gente che rallentava per guardare verso la superstrada e altri che cercavano di mettersi al sicuro. Si sentivano rumori di ogni tipo, autobus e camion e furgoni, clacson e imprecazioni, stridore di freni. Mi girai a guardare. Le fiamme non potevano essere a più di due isolati. Mezzo quartiere era già sparito. Tutto nel giro di pochi minuti.

"Non possiamo fermarci." Doug mi trascinò nel traffico fino all'altro lato della strada.

Non avevo più adenosintrifosfato in corpo. Le mie gambe non avevano più carburante da usare. Non potevo più fare un solo passo.

Sperai che Doug, Jonah, Toby e Martin avrebbero continuato a fare cose a quattro anche senza di me.

Doug mi concesse trenta secondi per riprendere fiato, osservando il fumo e le fiamme in rapido avvicinamento. Ci trovavamo in una zona industriale di Georgetown, e non potevamo andare più avanti sulla Corson. Dovevamo girare a sud fino a raggiungere di nuovo la Carleton. Dopo un isolato svoltammo sulla Myrtle, e da lì, una corsa verso il fiume.

Le acque luride del Duwamish non erano mai apparse così deliziose.

Crollai sulla riva. Dozzine di persone si tuffarono in acqua. In realtà feci caso solo a due di loro. Una donna bianca era immersa fino alla vita, aggrappata alla figlia di cinque anni che le affondava il viso nella spalla. Il suo, di viso, era l'immagine della pura disperazione.

Mi chiesi se avesse un altro figlio.

Le urla che adesso sentivo a distanza non erano di paura. Erano urla di agonia.

Macerie

A New York caddero 20 centimetri di pioggia in poche ore, allagando buona parte della città e costringendo alla chiusura alcune stazioni metro di Brooklyn, sommerse.

Un tizio armato di martello ferì alla testa due anziani alla fermata della metro leggera di Beacon Hill, Seattle. Un uomo fu ucciso da colpi d'arma da fuoco su un autobus a White Center.

I membri democratici del Congresso riferirono di aver ricevuto più di 9.000 minacce di morte dall'inizio dell'anno.

Almeno 29 persone morirono in Guatemala, dove le forti piogge spazzarono via le case.

In Vietnam, svariati ambientalisti – non attivisti – furono arrestati.

Un'alluvione lampo in India trascinò via undici ponti, dopo che la diga che arginava un lago glaciale si era rotta per via delle intense piogge.

L'acqua del lago Tefé, in Brasile, raggiunse una temperatura di 38 gradi. Almeno 125 delfini di fiume morirono per l'eccessivo calore.

Al notiziario passò il video di una linea di fuoco lunga più di un chilometro in arrivo a Villa Carlos Paz, città argentina di

56.000 abitanti. Nel giro di due settimane, in Amazzonia scoppiarono 2.700 incendi.

Per la prima volta mai registrata, il ghiaccio marino che d'estate si scioglieva lungo parti della costa antartica non si riformò durante l'inverno, lasciando spogli ampi tratti costieri.

Un incendio al parcheggio di Luton, Londra, ridusse più di 1.400 auto a gusci secchi.

Negli USA, un prete cattolico invocò l'assassinio del Papa, colpevole di essere troppo conciliante sulle questioni LGBTQ.

Otto persone rimasero uccise, e dozzine ferite, nel tamponamento a catena di 168 auto in Louisiana: il fumo degli incendi di palude, combinato con una densa foschia, aveva creato un evento detto "supernebbia".

L'UE cominciò a implementare a livello europeo una carbon tax sui beni importati, inclusi cemento, acciaio, fertilizzanti ed energia elettrica.

Un'azienda danese annullò il progetto di costruire due parchi eolici lungo le coste del New Jersey, adducendo come motivi l'inflazione e gli alti tassi d'interesse.

Uomini d'oro, argento e bronzo

L'incendio risparmiò il campus del South Seattle College e si fermò al Boeing Field. Distrusse circa una dozzina di attività commerciali e più di 1.200 tra case e appartamenti nel raggio di trenta isolati. Rimasero uccise diciassette persone, un numero pari a quello degli studenti morti nell'ultima strage scolastica.

La macchina di Doug era ridotta a una massa di metallo carbonizzato. La compagnia di assicurazioni non sembrava avere fretta di rimborsarlo.

Persino gente abituata alla povertà si sorprende di quanto sia dura spostarsi *sempre* con i mezzi di trasporto pubblico invece che quando è comodo. Ma a Doug non mancava certo lo spirito di adattamento. Nelle due settimane successive viaggiammo in autobus e metro per andare a distribuire altri volantini. Non ce la sentivamo ancora di fare cose più impegnative.

Dato che il "mestiere" di Doug consisteva nel fare l'informatore, non aveva realmente bisogno di andare e tornare dal lavoro, e Martin si offrì di portarlo al supermercato se doveva comprare roba pesante.

Mancava ancora qualche settimana alla rimozione del gesso, e Jonah sfruttò al massimo quel periodo collaborando con il sindacato. Doug gli prestò alcuni DVD per un ripasso di storia del lavoro. *Matewan, Com'era verde la mia valle, Il sale della terra* e *Pride*.

Ma ci stavamo concedendo tutti un po' di relax. Né Doug né io eravamo stati interrogati in relazione ai fatti di Tacoma. In quei giorni i notiziari parlavano solo di cambiamento climatico e sicurezza dei treni. Tuttavia, a volte mi ritrovavo a canticchiare *Sword of Damocles*, dal *Rocky Horror Picture Show*.

Il venerdì precedente ci eravamo vestiti tutti e cinque come i personaggi del film e l'avevamo guardato a casa nostra a mezzanotte. Avevamo usato copie del quotidiano *Real Change* per ripararci dal getto delle pistole ad acqua.

E adesso avremmo passato la domenica notte di nuovo insieme.

"Pensate a tutti i moralisti che si indignano per il nostro 'stile di vita' ma non per gli abomini climatici che spazzano via lavori, case e vite." Doug scosse la testa. "Gente che si preoccupa per due uomini che scopano. O tre. O quattro, o cinque. *Questo sì* che è inaccettabile."

"È una storia senza finale, vero?" dissi. "Non c'è un climax, dopo il quale le cose tornano alla normalità." Mi venne voglia di cantare *Neverending Story*. Se solo avessi avuto un drago carino da montare.

Be', c'era Jonah.

Doug alzò le spalle. "Possiamo fare una pausa ogni tanto. Persino i soldati vanno in licenza. Non saremo utili a niente se ci bruciamo."

Bruciarsi. Nell'epoca del cambiamento climatico, il termine assumeva un significato extra.

"Io ero bruciato prima di incontrarvi," risposi. "A volte si è sopraffatti anche dalla vita quotidiana. Gente, voi mi avete salvato."

Pensai ai banchi alimentari, alle Pantere nere e ad altri progetti di mutuo soccorso. Anche l'attivismo è un tipo di mutuo soccorso. Se lo facciamo nel modo giusto offriamo una speranza e un senso, cose entrambe essenziali per la sopravvivenza.

Toby e Martin risalirono presto dal seminterrato, e ci preparammo a guardare un film. *Men to Kiss*, una commedia tedesca.

Avevamo bisogno di una nuova Susan Harris che creasse una sitcom su cinque uomini conviventi.

Il sesso occasionale non implica che l'amore sia assente… né presente, peraltro. Ma quando c'è anche l'amore, il sesso occasionale è come ricevere un dolce buongiorno con una tazza di caffè caldo.

Il giorno dopo avevamo appuntamento per vedere un'altra casa in stile Craftsman, poco più avanti nella via, su due piani e con quattro camere da letto. Se ci fosse piaciuta, e se il prezzo ci fosse sembrato equo, avremmo potuto contribuire tutti all'acquisto in modo che due di noi – probabilmente Toby e Martin – potessero vivere in un'abitazione e tre nell'altra. Sempre abbastanza vicini per vederci e rilassarci insieme. *Chill.*

Anche quella parola aveva di certo preso un significato ulteriore nell'epoca del riscaldamento globale.

Sembrava assurdo comprare casa quando uno – o più – di noi rischiava di venire arrestato da un momento all'altro, ma non pianificare il futuro che desideravamo sembrava ancora più assurdo.

La nuova casa aveva un ampio seminterrato. Potevamo cominciare a fare scorta di latte di benzina, a immagazzinare droni, accumulando tutto lentamente nel corso dei mesi per poi pianificare una nuova azione grandiosa. Magari giusto qualche evento importante ogni anno, e per il resto del tempo avremmo cercato di vivere e amare. Non rimanevano molti cicli: secondo l'ultimo rapporto, il rapido scioglimento delle piattaforme di ghiaccio nell'Antartide occidentale era ormai irreversibile. Ma magari c'erano altri punti di non ritorno che si potevano scongiurare.

Stavo ancora riflettendo su quale potesse essere il nostro prossimo gesto dimostrativo. Potevamo persino spostarci a Portland per metterlo in atto.

"Non mi va di sedermi per terra," disse Jonah. Sul divano c'era posto solo per quattro di noi, e la poltrona era troppo lontana.

Battei la mano sulla mia coscia, e lui mi si sistemò in grembo senza battere ciglio. Lo avvolsi tra le braccia, Toby abbassò le luci, Doug mise la mano sulla coscia di Jonah, poi Martin premette *play*.

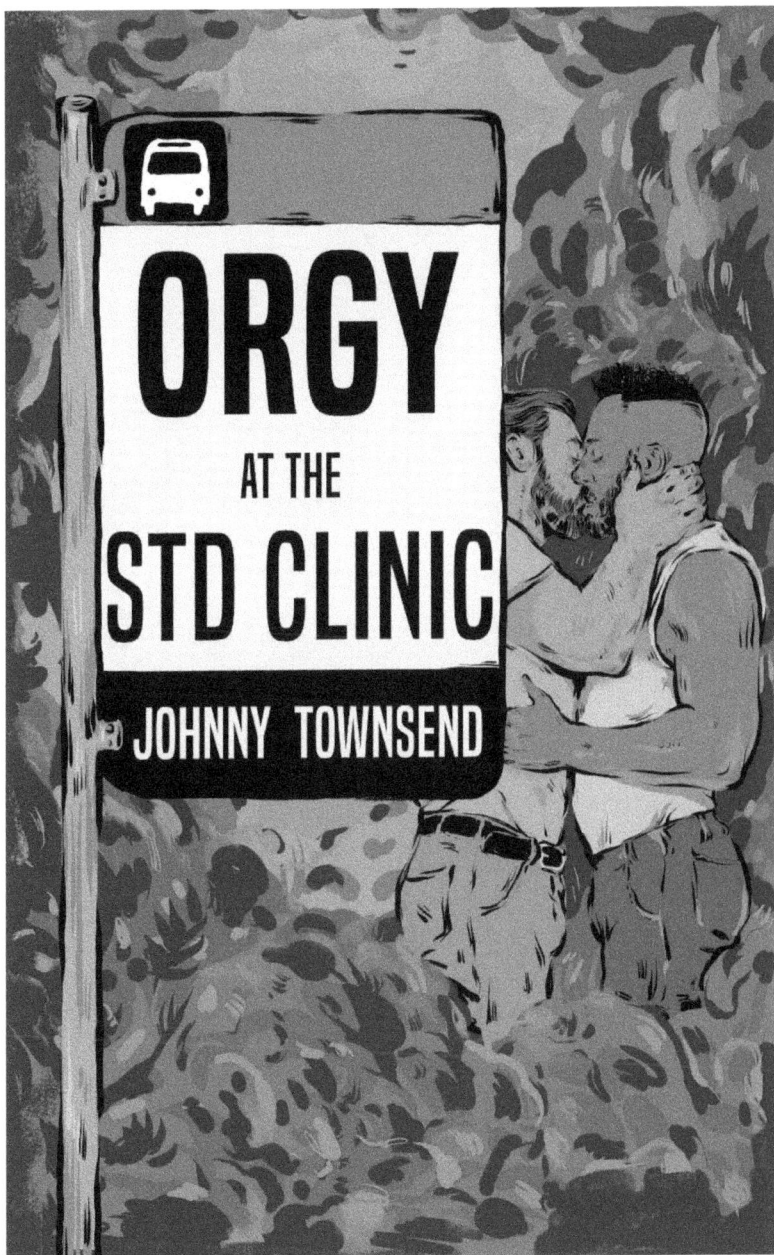

HAVE YOUR CUM AND EAT IT, TOO

JOHNNY TOWNSEND

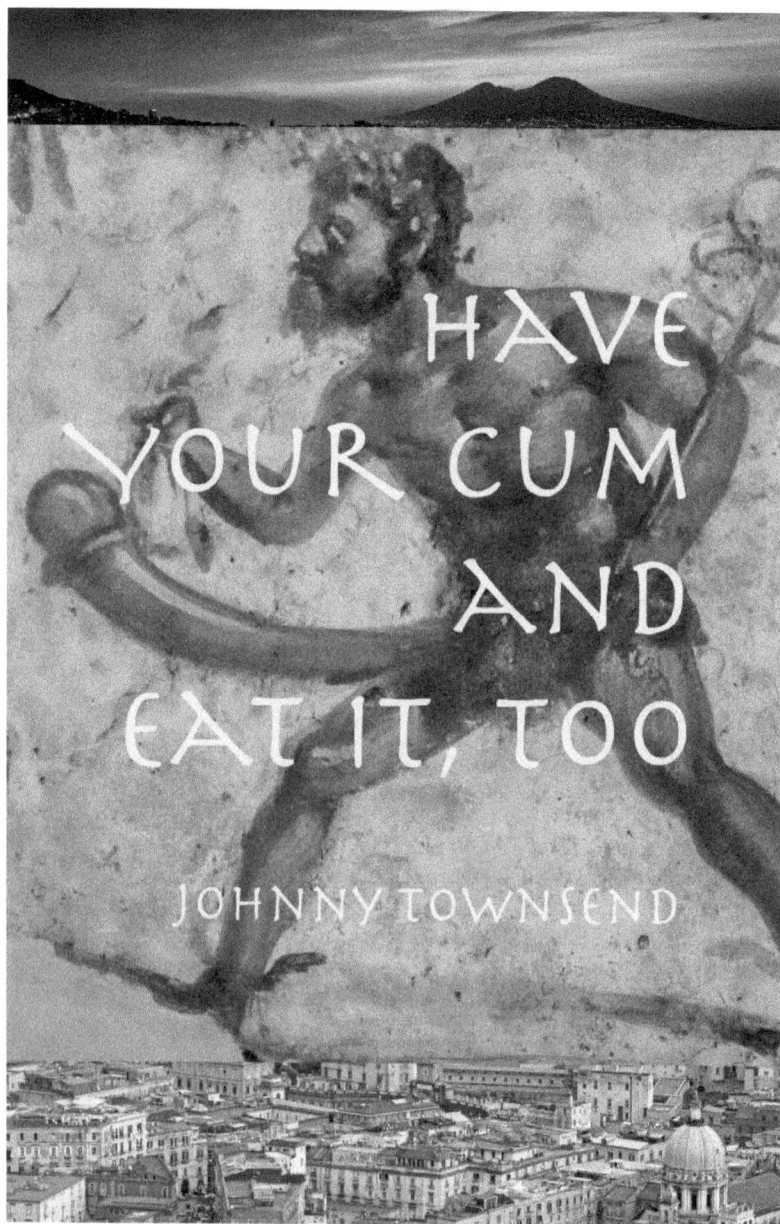

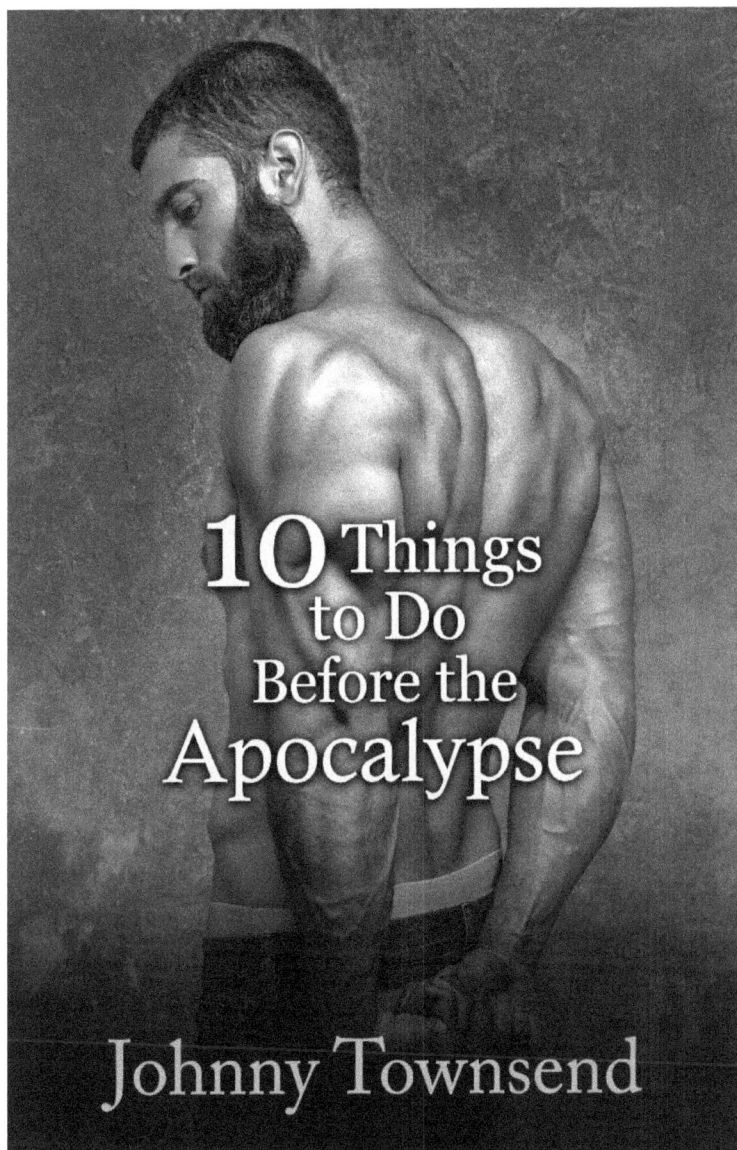

10 Things
to Do
Before the
Apocalypse

Johnny Townsend

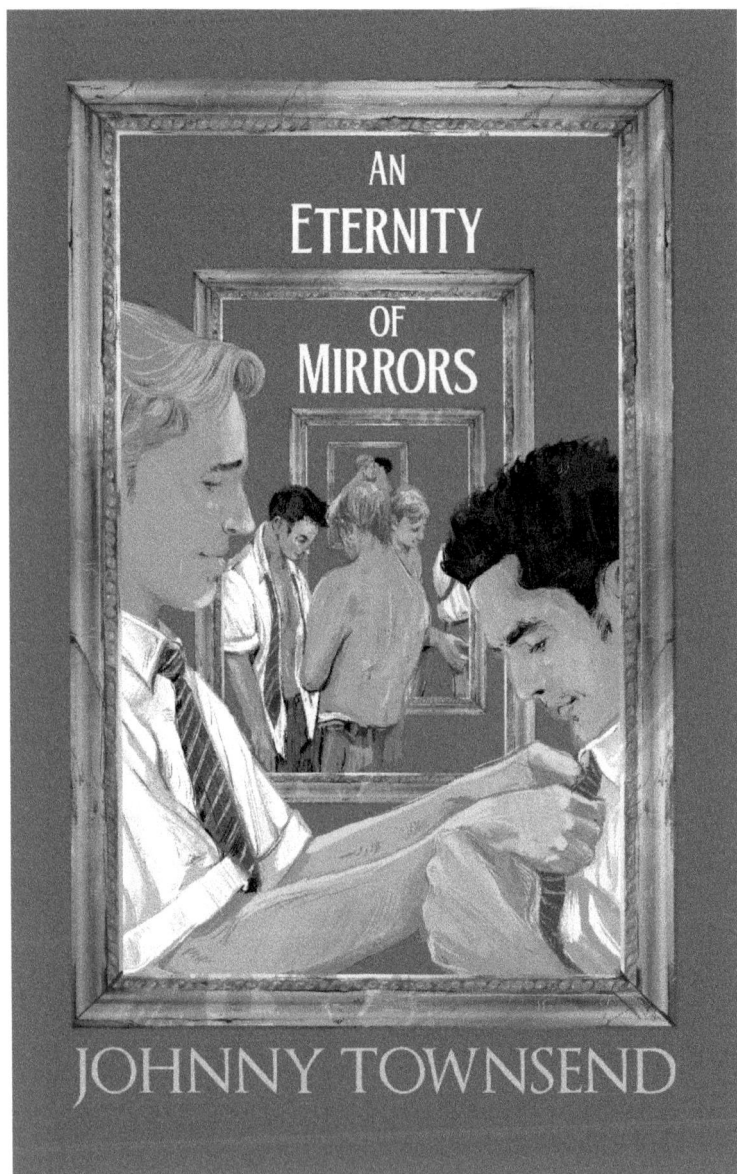

AN
ETERNITY
OF
MIRRORS

JOHNNY TOWNSEND

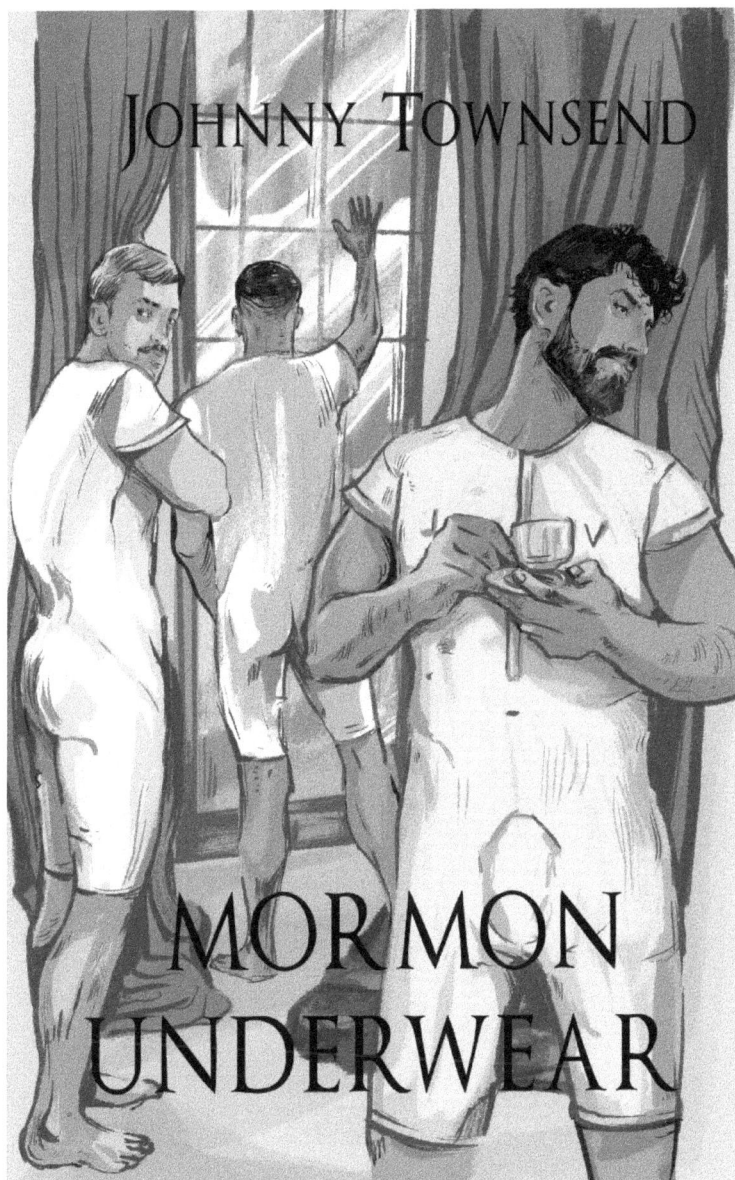

Johnny Townsend